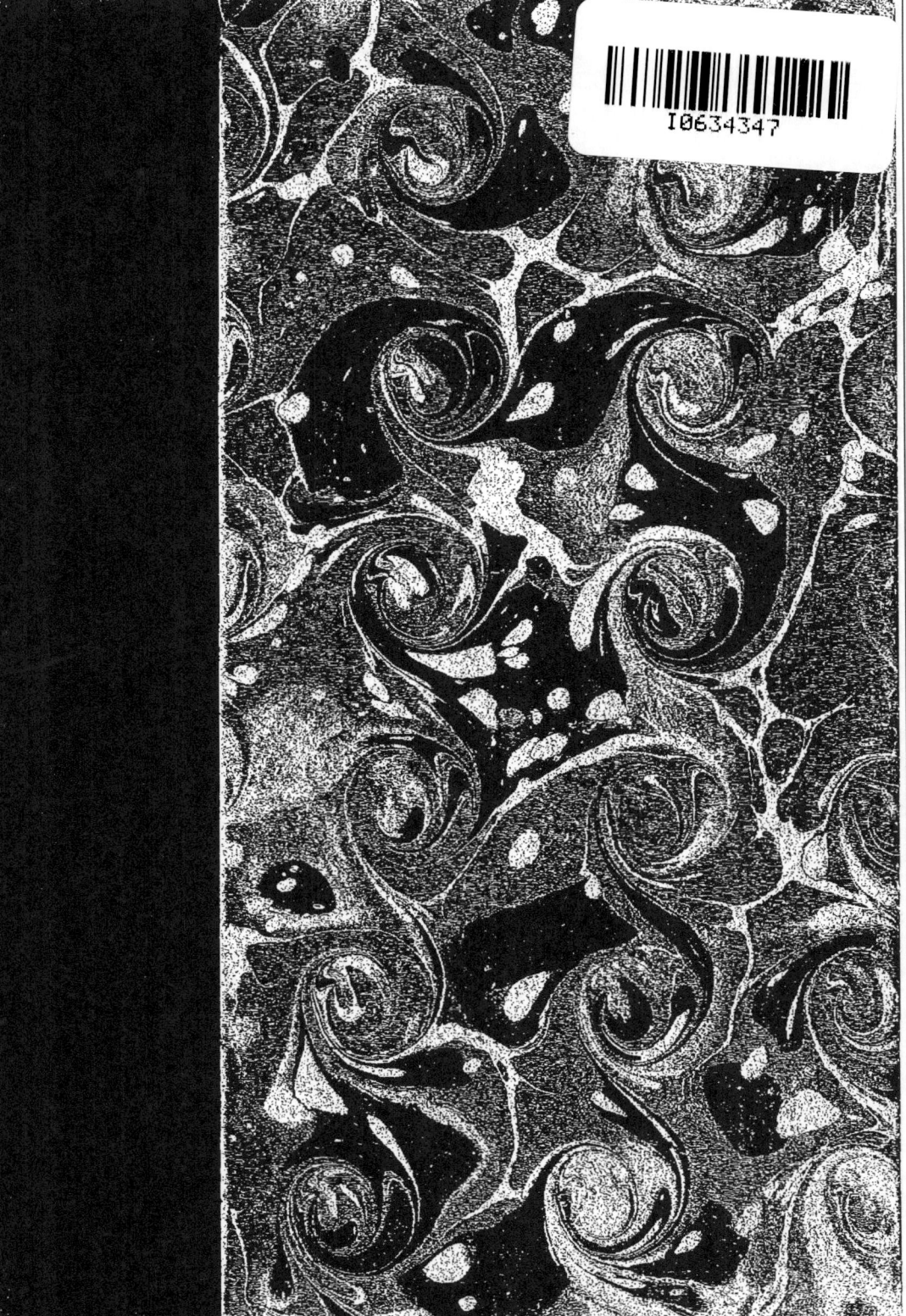

A. LOBSTEIN

ESSAI

SUR

L'ÉTUDE

DE LA

LITTÉRATURE.

A LONDRES:

Chez T. BECKET & P. A. DE HONDT,
dans le Strand. MDCCLXI.

E R R A T A.

P. 57. note *, l. 3. Thurricon, *lis.* Thuricun.
64. l. 13, prémice, *lis.* prémices.
73. l. 1. objions, *lis.* objections.
77. note *, l. 9. *lis.* transverberatur ?
81. l. 8. de, *lis* de la.
95. note *, l. 4. Celum, *lis.* Cœlum.
131. l. 13. eux memes, *lis.*

TO
EDWARD GIBBON, Efq;

Dear Sir,

NO performance is, in my opinion, more contemptible than a Dedication of the common fort; when fome great man is prefented with a book, which, if Science be the fubject, he is incapable of underftanding; if polite Literature, incapable of tafting: and this ho-

A 2   nor

nor is done him, as a reward for virtues, which he neither does, nor defires to, poffefs. I know but two kinds of dedications, which can do honor either to the patron or author. The firft is, when an unexperienced writer addreffes himfelf to a mafter of the art, in which he endeavours to excel; whofe example he is ambitious of imitating; by whofe advice he has been directed, or whofe approbation he is anxious to deferve.

The

DEDICATION.

The other fort is yet more honorable. It is dictated by the heart, and offered to fome perfon who is dear to us, becaufe he ought to be fo. It is an opportunity we embrace with pleafure of making public thofe fentiments of efteem, of friend-fhip, of gratitude, or of all to-gether, which we really feel, and which therefore we defire fhould be known.

I hope, dear Sir, my paft conduct will eafily lead you

DEDICATION.

to difcover to what principle
you fhould attribute this epiftle;
which, if it furprizes, will, I
hope, not difpleafe you. If I
am capable of producing any
thing worthy the attention of
the public, it is to you that I
owe it ; to that truly paternal
care which, from the firft dawn-
ings of my reafon, has always
watched over my education, and
afforded me every opportunity
of improvement. Permit me
here to exprefs my grateful fenfe
of

DEDICATION.

of your tendernefs to me, and to affure you, that the ftudy of my whole life fhall be to acquit my-felf, in fome meafure, of ob-ligations I can never fully repay.

I am,

    dear Sir,

        with the fincereft

           affection and regard,

           your moft dutiful fon,

           and faithful fervant,

May the 28th,
1761.

      E. GIBBON, Junior.

A V I S

A U

L E C T E U R.

C'E S T un véritable essai que je produis au grand jour. Je souhaiterois de me connoître. Ma prévention et celle de quelques amis m'en inspireroient des idées trop avantageuses, si mon Apollon *, cette voix secrette que je ne puis faire taire, ne m'avertissoit souvent de me défier

* ———Cynthius aurem
Vellit et admonuit.

dg

de leurs éloges. Dois-je me borner à recueillir avec reconnoiſſance les bienfaits de mes prédéceſſeurs ? Puis-je eſpérer d'ajouter quelque choſe au tréſor commun des vérités ou du-moins des idées ? Je tâcherai d'entendre l'arrêt du public et même ſon ſilence, et je ne l'entendrai que pour m'y ſoumettre. Point de Philippiques contre mon ſiècle, point d'appels à la poſtérité.

L'envie de juſtifier une étude favorite, c'eſt-à-dire, l'amour propre un peu déguiſé, fit naître les réflexions ſuivantes. Je voulois affranchir une ſcience eſtimable du mépris où elle languit aujourdhui. Il eſt vrai qu'on lit encore les anciens, mais on ne les étudie plus. On n'y apporte plus cette

I

atten-

attention, et cet appareil de connoiſſances que Ciceron et que Boſſuet exigent de leurs lecteurs.   Il eſt encore des gens de goût, mais il eſt peu de littérateurs ; et ceux qui ſavent que les gens de lettres peuvent ſe paſſer des recompenſes plus aiſément que de l'eſtime du public, ne s'en étonneront point.

C'eſt un eſſai, je le repete encore, ce n'eſt point un traité complet qu'on va lire.   J'ai enviſagé la littérature ſous quelques points de vue qui m'avoient frappé.   Pluſieurs, ſans doute, me ſont échapés.   J'én ai négligé quelques autres.   Je ne ſuis point entré dans la carriere immenſe des beaux-arts, des beautés qu'ils empruntent

tent de la littérature, et de celles qu'ils lui rendent. Que ne suis-je un Caylus ou un Spence *! J'éleverois un monument éternel à leur alliance. L'on y verroit l'image de Jupiter éclorre dans le cerveau d'Homere et venir se placer sous le cizeau de Phidias. Mais je ne me suis point dit avec le Corrège; " et moi aussi je suis peintre."

Le 3 Fevrier, 1759.

Après avoir gardé, pendant deux ans, ce petit ouvrage, l'amusement de

* Auteur d'un ouvrage nommé Polymetis: La mythologie des poetes y est combinée avec celle des sculpteurs. Cet ouvrage plein de goût et de savoir mériteroit d'être plus connu en France.

mon

mon loifir à la campagne, je me ha-
zarde enfin à le donner au public.
J'ai befoin de fon indulgence pour le
fonds des chofes, et pour le langage.
Ma jeuneffe me donne un jufte titre à
l'une, et ma qualité d'étranger me rend
l'autre bien néceffaire.

Le 26 Avril, 1761.

A L'AU-

A

L'AUTEUR,

JE reçois, mon cher Monſieur, les feuilles de votre ouvrage, toutes mouillées au ſortir de la preſſe. Le ſentiment, qui vous engagea à me les communiquer, eſt paſſé dans mon cœur. Ne me demandez plus mon jugement, il ne peut être que partial.

Mais le public aura-t-il les yeux d'un ami ? Cet eſſai de vos forces, ce germe heureux d'ouvrages plus conſiderables, ſera-t-il acueilli, ſera-t-il épargné ? In-
quiétude

quiétude naturelle à un jeune auteur !
Elle l'honore, elle n'eſt permiſe qu'à
lui. A Dieu ne plaiſe que vous per-
diez de long tems cette précieuſe défi-
ance de l'approbation du public, qui
vous mit en état de la mériter ! Si jamais vieux écrivain vous prenez moins
de peine, c'eſt que vous vous connoî-
trez mieux et craindrez moins vos juges.

Voudrois-je ôter à la jeune beauté la
modeſte rougeur, qui lui fait méconn-
oitre ſes charmes, et qui ne ceſſera
que quand ils ne ſeront plus ? Non,
Monſieur, je ne vous raſſure point ; je
veux jouir de vos allarmes, vos cenſeurs
vont paroitre, armez-vous d'intrépi-
dité.

Avez-

Avez-vous pu croire qu'on pardonneroit à un homme né pour affifter
aux affemblées tumultueufes du fénat,
et à la deftruction des renards de fa
province, des difcuffions fur ce qu'on
penfa, il y a deux mille ans, fur les
Divinités de la Grèce, et fur les premiers fiècles de Rome? Quoi pas la
moindre allufion à ce qui fe paffe de
nos jours! Une brochure, où il n'eft
queftion ni de la guerre ni du commerce, où l'on ne prefcrit point de limites ni ne propofe aucune réduction,
où l'on ne fait point de compliment au
Prince ni de leçon à fes Miniftres! En
vérité je vous admire, et qu'en dira-t-on,
je vous le demande, en Hampfhire?

Le grec doit être laiffé au collège et
à la roture; ainfi l'a-t-on peut-être dé

cidé

cidé chez nos voifins, et cette mode menace de devenir contagieufe. Je fais que Paris ne fe croit pas encore defhonorée d'un Caylus et d'un Nivernois, et que votre ifle compte avec plaifir fes Lyttelton, fes Marchmont, fes Orrery, fes Bath, fes Grandville. Mais vous êtes jeune, et l'on foupçonne ceux que je viens de vous nommer d'être un peu du fiècle paffé. Vos notés font favantes, mais qui à Newmarket ou dans le caffé d'Arthur peut les lire?

Point d'ordre ni de liaifon, dira le géomètre piqué. N'en foyez point furpris, il voit en vous un transfuge. Vous n'avez point donné la pomme à fa Vénus, et il juge un écrit de gout fur le pié des élémens d'Euclide.

Parmi

Parmi vos critiques je vois le litterateur lui-même. Je ne dirai pas que vous penſez, et lui laiſſez le ſoin de recueillir. Je vous reſpecte trop pour voler ce bon mot à Voltaire. Mais vos notes ne conſiſtent point en corrections de paſſages. Quel vers d'Ariſtophane avez-vous reſtitué ? De quel manuſcript vous appuyez-vous ? D'ailleurs vous enviſagez quelques objets ſous un point de vue ou nouveau ou ſingulier. Votre chronologie eſt celle de Newton ; vous juſtifiez l'anachroniſme de Virgile ; vos Dieux ne ſont pas ceux de .... Craignez ſa nouvelle édition ; vous aurez place dans ſes notes.

Je ne vous reproche point l'obſcurité, dirai-je, ou la profondeur de quelques

unes

unes de vos pensées, vos phrases cou-
pées, la hardiesse de vos figures. La
nation Académique sera moins facile,
et frondera quiconque voudroit vous appliquer une de vos notes *, et l'aveu
modeste de l'orateur Romain, en re-
lisant dans l'age de la maturité un morceau applaudi de sa jeunesse. *Quantis
illa clamoribus, adolescentuli,* il avoit
26 ans, *diximus de supplicio parricida-
rum? quæ nequaquam satis deferbuisse
post aliquanto sentire cœpimus. . . . Sunt
enim omnia, sicut adolescentis, non tam re
et maturitate, quam spe et expectatione,
laudati* †.

J'ai gardé pour le dernier le plus
grand de vos crimes. Vous êtes An-

* P. 154.   † CICERO Orator. 29.

glois,

glois, et vous choififfez la langue de vos ennemis. Le vieux Caton frémit, et dans fon *Club* Antigallican, vous dénonce, le *punch* à la main, un ennemi de la patrie. " Mes chers amis, " dit-il, la liberté eft prète d'expirer. " Ce peuple, dont nous avons toujours " triomphé, regagne par fes artifices " plus que ne lui enlèvent nos armes. " N'eft-ce pas affez que nous ayons " des baladins, des frifeurs, des cuifi- " niers de Paris, qu'on boive dans " notre ifle, qu'on boive des vins, qu'on " life des livres françois; faut-il en- " core, grands Dieux! eft-ce dans le " plus haut période de notre gloire " qu'un Anglois devoit donner ce " premier exemple? faut-il encore " qu'on en écrive?"

Contre

Contre une attaque auſſi grave quel rempart vous ferez-vous ? Trouverez-vous des défenſeurs où vous n'avez point de complices ? Oſerai-je élever ma voix moi, qui, Anglois ſimplement par choix ſans l'être de naiſſance, n'ai pu, après vingt ans de ſéjour dans votre iſle, naturaliſer ma langue auſſi bien que mon cœur ?

Dirai-je ce que Plutarque, à peu près dans le même cas que moi, au-roit dit, que rien ne fut plus vain que la prophécie de l'acre cenſeur, que le grec perdroit ſa patrie, puiſqu'au con-traire elle s'éleva au comble de la gloire et du pouvoir dans le tems que les lettres grecques et l'érudition étrangère y fleurirent le plus *, que ce peuple

* PLUTARCH. in Cat. Major.

qui,

qui, tant qu'il fut libre, plaça fa grandeur dans ce qui feul fait la grandeur d'un peuple, fit venir fes grammairiens mais non fes généraux de la Grèce, au lieu que Carthage y prit fes foldats et fes généraux et en défendit la langue * ; que Flaminius, Scipion, Caton même, . . . mais comme eux je parle grec à votre homme. Il ignore également que Ciceron fut initié à Athènes, et que le nom de Chefterfield fe trouve dans les régiftres d'une célèbre Académie de Paris ; il jureroit que les Edouards et les Henris ne parlèrent ou du moins ne lurent jamais de françois, et fi je le preffois il me foutiendroit peut-être que le Roi de Pruffe feroit déja maitre de Vienne, s'il n'eut pas écrit, en ftile de

* JUSTIN. XX. 5.

Vol-

Voltaire, les Mémoires du Brande-
bourg.

Méprifer fa propre langue, rien fans
doute de plus honteux. Mais la mé-
prife-t-on à moins qu'on ne donne
l'exclufion à toute autre ? Ciceron, qui
écrivit l'hiftoire de fon confulat en grec,
préféra donc cette langue, lui, qui n'eut
jamais de rival dans la fienne, qui la
croyoit, peut-être par préjugé, beaucoup plus riche que la grecque *, et
qui, s'il ne la rendit pas telle, étendit
les bornes de fa juridiction plus que Céfar celles de l'Empire.

S'il étoit vrai que le génie infociable
des diverfes langues empêche celui qui
veut les concilier d'exceller dans aucune, on auroit tort fans doute de s'ex-

* De Finib. l. iii.

pofer

poſer au riſque de corrompre la pureté de celle qui nous eſt naturelle, ſans pouvoir ſe flatter de réuſſir dans celle qui ne l'eſt pas. Mais tant s'en faut que l'expérience ait confirmé cette prétendue crainte des mélanges. Jamais les Romains n'écrivirent mieux en latin qu'au ſortir des écoles grecques. Le morceau de Cicéron, dont j'ai parlé, nous a probablement valu les chefs d'œuvre latins de Salluſte, et ſans l'hiſtoire de Polybe, revue par le héros, qui avoit été ſon diſciple, nous n'aurions peut-être jamais eu ni Tite Live ni Tacite.

Toute langue, qui ſe ſuffit, eſt bornée. La vôtre, plus que toute autre, s'eſt enrichie par ſes emprunts. Seroit-il impoſſible que l'italien ne pût encore la

rendre

rendre plus douce, l'allemand plus compréhenſive, le françois plus préciſe et plus régulière. Semblables à ces lacs, dont les eaux s'épurent et s'éclairciſſent par le mélange et l'agitation de celles qu'ils reçoivent des fleuves voiſins, les langues modernes ne demeurent vivantes que par leur communication, et ſi je l'oſois dire par leur choc reciproque.

Non ce n'eſt point de l'écrivain, qui s'exerce à écrire avec pureté dans une langue étrangère, que la ſienne a lieu de craindre qu'il ne l'altère mal propos. Le degré de perfection, auquel elle peut atteindre, eſt ſon objet, et l'analogie ſa règle. Il connoit trop les richeſſes de ſa langue, pour la charger de mots

mots inutilement tranfplantés. Il a étu-
dié fon caractère, et ne fe permet point
de conftructions forcées fous prétexte de
fe faire lire. Refpectant même fes bifa-
reries, il fait qu'un long ufage exige de
grands ménagemens, et que l'homme
fenfé ne fe diftingue jamais beaucoup,
et très rarement le premier.

Qui font donc les véritables corrup-
teurs des langues ? Ces petits beaux efprits, qui, faute de nouvelles idées, n'ont
pour fe diftinguer que leur néologique
jargon ; ces jeunes voyageurs, qui, de
Paris qu'ils ont mal vu, rapportent et
font circuler l'expreffion du jour qu'ils
n'ont pas comprife ; et plus futiles que
les uns et les autres, ces demi-favans,
qui croyent donner du relief à leurs paradoxes

radoxes et de la variété à leur ſtile, par
l'introduction de ſynonimes barbares,
dont leur dictionaire leur a, peut-être
à grand peine, indiqué le ſens.

Rarement un étranger parvient-il à
écrire dans une langue, qui n'eſt pas
la ſienne, de manière à n'être pas reconnu. Mais faut-il qu'il ne le ſoit
pas ? Lucullus auroit pu ſe paſſer d'af-
fecter des latiniſmes, de peur d'être
pris pour un Grec, et je ne crois pas
que vous vous piquiez d'être moins
facile à reconnoître pour un Anglois que Lucullus pour un Romain.
Mais c'eſt cela même qui, aux yeux
d'un François, vous donnera un nouveau mérite. Il remarquera un mot un
tour étranger à ſa langue, et peut-être
ſouhaiteroit qu'il ne le fût pas. Ces
traits ſaillans, ces figures hardies, ce ſa-
crifice

crifice de la règle au sentiment, et de la cadence à la force, lui caracteriseront une nation originale, qui mérite d'être étudiée, et qui gagne toujours à l'être. L'individu ne lui échapera pas, et il saura discerner ce que vous devez à votre isle et ce que votre isle vous doit.

Quand on ne sait qu'une langue, c'est par les traductions seules qu'on connoit les auteurs étrangers. Suffisent-elles pour en juger ? Ferai-je la satyre des personnes, qui se consacrent à la pénible tâche de traduire, en affirmant que leur moindre défaut est de nous faire perdre le caractère national et personel de leurs auteurs ? Ah ! que ces auteurs n'ont-ils écrit eux mêmes, quoique mal, dans une autre langue ! Mon ex-
pression

preffion eft celle qui accompagne ma
penfée. Vous qui me traduifez fentez-
vous ce que j'ai fenti? Montaigne
feroit toujours Montaigne, s'il eut
lui-même été le cuifinier Anglois
de fes effais, et j'eftimerois vingt fois
plus un des livres de Milton écrit en
françois ou en italien par Milton, que
les traductions élégantes de Du Boc-
cage et de Rolli.

Que fi, dans vos climats fi heureu-
fement ifolés, quelques perfonnes ja-
loufes de l'univerfalité que le françois
s'eft acquife fur le Continent, fe plaig-
noient que vous rompez la dernière di-
gue qui s'oppofe à l'inondation, qu'elles me permettent de ne pas regarder
comme un grand malheur qu'une langue
commune lie de plus en plus les Etats
de

de l'Europe, facilite les conférences des Miniftres, prévienne les longueurs des négociations et les équivoques des traités, faffe fouhaiter la paix, et la rende plus durable et plus chère. Le premier pas qu'on doive faire pour s'accorder c'eft de travailler à s'entendre.

Vous venez, Monfieur, de donner un grand exemple. Au milieu des fuccès de vos armes vous avez honoré les lettres de vos ennemis. Ce dernier triomphe eft le plus noble. Puiffe-t-il devenir géneral et reciproque; et le tems venir, où les divers peuples, membres épars de la même famille, s'élevant au deffus des diftinctions par-

tiales

tiales d'Anglois, de François, d'Allemand, et de Ruffe, mériteront le titre
d'homme !

J'ai l'honneur d'être avec des fentimens, qui ne dépendent d'aucun climat
ni d'aucun fiècle,

 Monfieur,

  Votre très humble

   et très obeiffant ferviteur,

Du Mufée Britannique,
le 16 Juin, 1761.

     M. MATY.

     ESSAI

ESSAI SUR

L'Etude de la Littérature.

I. **L**'Histoire des Empires est celle de Idée de l'histoire littéraire. la misère des hommes. L'histoire des Sciences est celle de leur grandeur et de leur bonheur. Si mille considérations doivent rendre ce dernier genre d'étude précieux aux yeux du Philosophe, cette réflexion doit le rendre bien cher à tout amateur de l'humanité.

II. Que je voudrois qu'une vérité aussi consolante ne reçût aucune exception ! Mais hélas ! l'homme ne perce que trop souvent dans le cabinet du savant. Dans cet azile de la sagesse, il est encore égaré par les pré-

B   jugés,

jugés, déchiré par les paſſions, avili par les foibleſſes.

L'Empire de la mode eſt fondé ſur l'inconſtance des hommes ; Empire dont l'origine eſt ſi frivole et dont les effets ſont ſi funeſtes. L'homme de lettres n'oſe ſecouer ſon joug, et ſi ſes réflexions retardent ſa défaite, elles la rendent plus honteuſe.

Tous les pays, tous les ſiècles ont vû quelque ſcience l'objet d'une préférence ſouvent injuſte, pendant que les autres études languiſſoient dans un mépris tout auſſi peu raiſonnable. La Métaphyſique et la Dialectique ſous les ſucceſſeurs d'Alexandre ; * la Politique et l'Eloquence ſous la Republique

* Ce Siècle fut celui des ſectes Philoſophiques, qui combattoient pour les Syſtémes de leur Maîtres reſpectifs, avec tout l'acharnement des théologiens.

L'Amour

publique Romaine; l'Hiftoire, la Poéfie
dans le fiècle d'Augufte; la Grammaire et
la Jurifprudence fous le bas-Empire; la
Philofophie Scholaftique dans le xiii. fiècle;
les Belles-Lettres jufqu'aux jours de nos
peres ont fait, tour-à-tour, l'admiration

et

L'Amour des fyftêmes produit néceffairement celui
des principes généraux; et celui-ci conduit d'ordinaire
au mépris des connoiffances de détail.

" L'Amour des fyftêmes (dit M. Freret) qui s'em-
" para des efprits après Ariftote, fit abandonner aux
" Grecs l'étude de la nature et arrêta le progrès de
" leurs découvertes philofophiques: les raifonnemens
" fubtils prirent la place des expériences: les fcien-
" ces exactes, la Géométrie, l'Aftronomie, la vraie
" Philofophie difparurent prefqu'entierement. On ne
" s'occupa plus du foin d'acquérir des connoiffances
" nouvelles, mais de celui de ranger, et de lier les
" unes

et le mépris des hommes. La Phyſique et
les Mathématiques ſont à-préſent ſur le
trône. Elles voyent toutes leurs ſœurs
proſternées devant elles, enchainées à leur
char, ou tout-au-plus occupées à orner
leur triomphe. Peut-être leur chûte n'eſt
pas éloignée.

Il ſeroit digne d'un habile homme de
ſuivre cette révolution dans les Religions,

" unes aux autres, celles que l'on croyoit avoir, pour
" en former des ſyſtêmes. C'eſt là ce qui forma
" toutes les différentes ſectes : les meilleurs eſprits
" s'évaporèrent dans les abſtractions d'une Metaphy-
" ſique obſcure, où les mots tenoient le plus ſouvent
" la place des choſes, et la Dialectique nommée par
" Ariſtote l'inſtrument de notre Eſprit, devint chez ſes
" diſciples l'objet principal et preſque unique de leur
" application. La vie entiere ſe paſſoit à étudier l'art
" du raiſonnement, et à ne raiſonner jamais, ou du-
" moins à ne raiſonner que ſur des objets fantaſ-
" tiques."

Mem. de l'Acad. des B. L. tom. vi. p. 150.

les

les Gouvernements, les Mœurs, qui ont
fucceffivement égaré, défolé et corrompu
les hommes. Qu'il fe gardât bien de chercher un fyftême ; mais qu'il fe gardât bien
d'avantage de l'éviter.

III. Si les Grecs n'avoient été efclaves,
les Latins feroient encore barbares. Con-
ftantinople tomba fous le fer de Mahomet.
Les Médicis accueillerent les Mufes défo-
lées : ils encouragerent les Lettres. Erafme fit plus, il les cultiva. Homere et
Ciceron pénétrerent dans des contrées in-
connues à Alexandre, et invincibles pour
les Romains. Ces fiècles trouvoient qu'il
étoit beau d'étudier les anciens et de
les admirer * : le nôtre penfe qu'il eft plus

Renaiffance des Belles-Lettres. Goût qu'on eut pour elles.

aifé

---

* Feuilletez la Bibliothèque Latine de Fabricius, le
meilleur de tous ceux qui n'ont été que compilateurs ;
vous y verrez que dans l'efpace de quarante ans après

de

aifé de les ignorer et de les méprifer. Je crois qu'ils ont tout les deux raifon. Le guerrier les lifoit fous fa tente. L'homme d'état les étudioit dans fon cabinet. Ce fèxe même, qui, content des graces, nous laiffe les lumieres, s'embeliffoit l'exemple d'une Délie, et fouhaitoit de trouver un Tibulle dans fon amant. Elizabeth, (ce nom dit, tout pour le Sage,) apprenoit dans Hérodote à défendre les droits de l'humanité contre un nouveau Xerxès, et au fortir des combats fe voyoit célébrée

de l'imprimerie, prefque tous les auteurs Latins étoient imprimés, quelques uns même plus d'une fois. Le gout des éditeurs n'égala pas, il eft vrai, leur zèle. Les écrivains de l'hiftoire augufte parurent avant Tite Live : et l'on donna Aulu-gelle avant de fonger à Virgile.

par

par Eschyle sous le nom des vainqueurs de Salamine * †.

Si Christine préféra la science au gouvernement d'un état, le Politique peut la

---

* Eschyle a fait une tragédie, (les Perses) où il a peint avec les couleurs les plus vives la gloire des Grecs et la consternation des Perses après la journée de Salamine.

V. le Theat. des Grecs du P. Brumoy, tom. ii. p. 171, &c.

† Ecoutons le Président Hênault. " Cette Prin-
" cesse étoit savante. Un jour quelle entretenoit
" Calignon, qui fut depuis Chancelier de Navare,
" elle lui fit voir une traduction en Latin, qu'elle avoit
" faite, de quelques tragédies de Sophocle et de deux
" harangues de Demosthene. Elle lui permit de
" prendre une copie d'une épigramme Grecque
" de sa façon; et elle lui demanda son avis sur des
" passages de Lycophron, qu'elle avoir alors entre les
" mains, et dont elle vouloit traduire quelques en-
" droits."

Abreg. Chronolog. in Quart. Paris 1752. P. 397.

méprifer,

méprifer, le Philofophe doit la blamer, mais l'homme de lettres chérira fa mémoire. Cette Reine étudioit les anciens : elle en confidéroit les interprètes. Elle diftingua ce Saumaife, qui ne mérita ni l'admiration de fes contemporains ni le mépris, dont nous nous efforçons de le combler.

IV. Sans doute elle pouffa trop loin l'admiration pour ces favans. Souvent leur deffenfeur, jamais leur zélateur, j'avouerai fans peine que leurs mœurs étoient groffiéres, leurs travaux quelquefois minutieux ; que leur efprit noyé dans une érudition pédantefque commentoit ce qu'il falloit fentir, et compiloit au-lieu de raifonner. On étoit affés éclairé pour fentir l'utilité de leurs recherches ; mais l'on n'étoit ni affés raifonable ni affés poli, pour connoître qu'elles auroient

pû

On le pouffa trop loin.

pû être guidées par le flámbeau de la Philofophie.

V. La lumiere alloit paroître. Defcartes ne fut pas Littérateur, mais les Belles-Lettres lui font bien redevables. Un Philofophe éclairé *, héritier de fa méthode, approfondit les vrais principes de la Critique. Le Boffu, Boileau, Rapin, Brumoy apprirent aux hommes à connoître mieux le prix des tréfors, qu'ils pofsédoient. Une de ces Sociétés, qui ont mieux immortalisé Louis XIV. qu'une ambition fouvent pernicieufe aux hommes, commençoit déja ces recherches, qui réuniffent la jufteffe de l'efprit, l'aménité et l'érudition, où l'on voit tant de découvertes, et quelquefois, ce qui ne céde qu'à-peine aux découvertes, une ignorance modefte et favante.

Quand il devenoit plus raifonnable.

* M. Le Clerc, dans fon excellent *Ars critica*, et dans plufieurs autres de fes ouvrages.

Si

Si les hommes raifonnoient autant lorfqu'ils agiffent que lorfqu'ils difcourent, les
Belles-Lettres feroient devenuës l'objet
de l'admiration du vulgaire et de l'eftime
des fages.

Decadence
des Belles-
Lettres.

VI. C'eft de cette Epoque qu'elles da-
tent le commencement de leur décadence.
Le Clerc, à qui les fciences et la liberté
doivent des éloges, s'en plaignoit déja, il y
a plus de foixante ans. Mais c'eft dans
la fameufe difpute des anciens et des modernes qu'elles reçurent le coup mortel.
Il n'y a jamais eu un combat auffi iné-
gal. La Logique exacte de Terraffon ; la
Philofophie déliée de Fontenelle ; le ftile
élégant et heureux de la Motte ; le badi-
nage léger de St. Hyacinte ; travailloient
de concert à réduire Homere au niveau
de

4

de Chapelain. Leurs adverſaires ne leur oppoſoient qu'un attachement aux minu-ties, je ne ſai quelles prétentions à une ſupériorité naturelle des anciens, des pré-jugés, des injures et des citations. Tout le ridicule leur demeura. Il en réjaillit une partie ſur ces anciens, dont ils ſoutenoient la querelle : et chez cette nation aimable, qui a adopté, ſans y penſer, le principe de My Lord Shaftſbury, on ne diſtingue point les torts et les ridicules.

Depuis ce tems, nos Philoſophes ſe ſont étonnés que des hommes puſſent paſſer une vie entière à raſſembler des faits et des mots ; et à ſe charger la mémoire au lieu de s'éclairer l'eſprit. Nos beaux Eſ-prits ont ſenti, quels avantages leur revien-droient de l'ignorance de leurs lecteurs.

Ils

Ils ont comblé de mépris les anciens, et ceux qui les étudient encore * †.

* On a oté à cette étude le nom de Belles-Lettres, qu'une longue prescription sembloit lui avoir consacré, pour y subftituer celui d'érudition. (1) Nos Littérateurs fons devenus des Erudits.

L'Abbé Maffieu traitoit cette derniére expreffion de Néologifme en 1721. (2) Changeroit-il de ton à préfent ? Il fiéroit mal à un étranger de vouloir le decider. Je connois tous les droits des grands écrivains fur la langue ; mais je voudrois, qu'après avoir reconnu qu'un érudit peut avoir du gout, des vues, de la fineffe dans l'efprit, (3) ils ne fe ferviffent pas de ce terme pour defigner un fervile admirateur des anciens, d'autant plus aveugle qu'il y a tout-vû, hors leurs graces et leurs beautés. (4)

† Fontenelle dans fa digreffion fur les anciens et les modernes, et ailleurs.

Oeuv. de Greffet. tom. ii. p. 45.

(1) V. La Motte & d'Alembert.

(2) Maffieu dans fa préface aux œuvres de Tourcil.

(3) M. Dalemb. dans l'art. Erudition de l'Encycl. Françoife.

(4) M. Dalemb. dans le difcours préliminaire de l'Encyclopédie, et ailleurs.

VII. Je

VII. Je voudrois faire fuccéder à ce tableau quelques réfléxions, qui pourront fixer la jufte valeur des Belles-Lettres.

Les exemples des grands hommes ne ^{Grands hommes Littérateurs.} prouvent rien ; Caffini, avant de règler le cours des Planetes, crût y lire le deftin des hommes. ‡ Cependant, lors qu'ils font en grand nombre, ils préviennent avant l'examen, après l'examen ils confirment. On fent d'abord qu'un génie capable de raifonner, une imagination vive et brillante ne gouteroient jamais une fcience, qui ne feroit que de mémoire. De tous ces hommes qui ont éclairé la terre, plufieurs fe font livrés à l'étude des Belles-Lettres ; beaucoup l'ont cultivée ; aucun, ou prefqu' aucun, ne l'a meprifée. Toute l'antiquité fe montroit fans voile aux yeux de Grotius : éclairé par fa lumiere, il de-

‡ Fontenelle dans fon Eloge.

VOLTAIRE, tom. xvii. p. 79.
velopoit

velopoit les oracles facrés ; il combattoit
l'ignorance et la fuperftition ; il adoucif-
foit les horreurs de la guerre. Si Defcartes, livré tout entier à fa Philofophie,
méprifoit toute étude qui ne s'y rapportoit pas, Newton * ne dédaigna pas de
conftruire un fyftême de Chronologie,
qui a eu des partifans et beaucoup d'ad-
mirateurs : Gaffendi, le meilleur Philofophe des Littérateurs et le meilleur Littérateur des Philofophes, expliquoit Epicure
en Critique, et le défendoit en Phyficien :
Leibnitz paffoit, de fes recherches immen-
fes fur l'hiftoire, aux infiniment-petits. Si
fon édition de *Martianus Capella* avoit
paru, fon exemple auroit juftifié les
Littérateurs, fes lumieres les auroient

---

* Newton reformoit la Chronologie ordinaire, et y
trouvoit des erreurs de cinq à fix cent ans. Voyez
mes remarques critiques fur cette Chronologie.

éclairés,

(15)

éclairés *. Le Dictionaire de Bayle
fera un monument éternel de la force, et
de la fécondité de l'érudition combinée
avec le génie.

VIII. Si nous ne faifons attention qu'à Littérateurs grands hom-mes.
ceux, qui ont confacré prefque tous leurs
travaux à la Littérature, les vrais connoif-
feurs fauront toujours diftinguer et apprécier l'éfprit délicat et étendu d'Erafme;
l'exactitude de Cafaubon, et de Gerard Voffius; la vivacité de Jufte-Lipfe; le goût,
la fineffe de Taneguy-le-Febvre; les reffources, la fécondité d'Ifaac Voffius; la pénétration hardie de Bentley; l'aménité de
Maffieu et de Fraguier; la critique folide
et éclairée de Sallier; l'efprit profond et
philofophique de le Clerc et de Freret.

* La vie de Leibnitz par de Neufville, à la tête de
fa Theodicée.

Ils

Ils ne confondront point ces grands hommes avec de simples compilateurs, un
Gruter, un Saumaise, un Masson, et tant
d'autres, hommes à-la-vérité utiles par
leurs travaux, mais qui ne meritent jamais
notre admiration, qui excitent rarement
notre gout, et qui quelquefois seulement
exigent notre estime.

LE GOUT.
Trois four-
ces de be-
autés.

IX. Les anciens auteurs ont laissé des
modéles pour ceux qui oseront marcher
sur leurs traces : des lectures aux autres,
où ils pourront puiser les principes du
bon goût, et remplir leur loisir par
l'étude de ces précieuses productions, où
la vérité ne se montre qu'embellie de tous
les trésors de l'imagination. Les Poétes,
et les Orateurs doivent peindre la nature.
Tout l'Univers peut leur fournir des couleurs ; mais parmi cette variété immense

on

on peut ranger fous trois claffes les images dont ils fe fervent : l'homme, la nature et l'art. Les images de la première efpece, le tableau de l'homme, de fes grandeurs, de fes petiteffes, de fes paffions, de fes changemens, font celles qui conduifent le plus furement un écrivain à l'immortalité. Chaque fois qu'on lit Euripide ou Térence on y découvre de nouvelles beautés. Cependant ce n'eft ni à la conduite fouvent défectueufe de leurs piéces ni aux fineffes cachées de leur heureufe fimplicité-que-ces Poëtes doivent leur renommée. Le cœur fe reconnoit dans leurs tableaux vrais et naïfs, et s'y reconnoit avec plaifir.

La nature, toute vafte qu'elle eft, a fourni peu d'images aux Poetes. Bornés par leur objet ou par le préjugé des hommes à fon écorce, ils n'ont pû

C   peindre

peindre que la fucceffive variété des faifons ; une mer irritée par les tempêtes ;
les Zephirs du Printems refpirant l'amour
et les plaifirs. Un petit nombre de génies
ont bientôt épuifé ces tableaux.

Images arti-
ficielles.

X. L'art leur reftoit. J'entens par l'art
tout ce dont les hommes ont orné ou dé-
figuré la nature, les religions, les gou-
vernemens, les ufages. Ils s'en font tous
fervis : et il faut convenir qu'ils ont tous
eu raifon. Leurs concitoyens, et leurs
contemporains les entendoient fans peine, et
les lifoient avec plaifir. Ils aimoient à retrouver dans les ouvrages des grands hommes de leur nation tout ce qui avoit ren-
du refpectables leurs ancêtres ; tout ce
qu'ils regardoient comme facré ; tout ce
qu'ils pratiquoient comme utile.

XI. Les

XI. Les Mœurs des Anciens étoient plus favorables à la Poëfie que les nôtres : c'eſt une forte préſomption qu'ils nous y ont ſurpaſsés.

Les Mœurs des Anciens favorables à la Poëfie dans l'art Militaire

A meſure que les arts ſe ſont perfectionnés, les reſſorts ſe ſont ſimplifiés. Dans la guerre, dans la politique, dans la religion, de plus grands effets ont été produits par des cauſes plus ſimples. Sans doute les Maurice et les Cumberland * entendoient mieux l'art militaire que les Achille et le Ajax ;

" Tels ne parurent point aux rives du
   " Scamandre,
" Sous ces Murs tant vantés que Pirrhus
    " mit en cendre,

         " Ces

---

* Je n'ai point cherché à faire un compliment à ſon A. R. Mgr. le Duc de Cumberland, dont je reſpecte

infini-

" Ces antiques héros qui montés fur un
    " Char
" Combattoient en défordre et marchoient
    " au hazard *."

Cependant les batailles du Poete François
font-elles diverfifiées comme celles du Poete Grec ? Ses héros font-ils auffi interef-
fans ? Tous ces combats finguliers des
chefs; tous ces longs difcours aux mou-
rans ; toutes ces rencontres inattendues
prouvent l'enfance de l'art, mais donnent
au Poete le moyen de nous faire connoitre
fes héros, et de nous intéreffer à leur deftin.

infiniment la naiffance et le rang fans ofer apprécier
fes talents militaires. Si l'on fe rappelle que les vers
fuivans font tirés du Poëme fur la battaille de Fonte-
noy, on fentira que c'eft plutôt M. de Voltaire qui parle
que moi. Je ne crois pas cette remarque inutile. Des
gens d'efprit s'y font trompés.

    * Œuvres de VOLT. tom. ii. p. 300.

                           Aujour-

Aujourhui les armées font de vaftes machines animées par le foufle du Général. La Mufe fe refufe à la defcription de fes manœuvres: elle n'ofe percer ce tourbillon de poudre et de poufliere, qui cache à fes yeux le brave et le lâche, le chef et le foldat.

XII. Les anciennes Republiques de la Grèce ignoroient les premiers principes d'un bon gouvernement. Le peuple s'affembloit en tumulte pour décider plutôt que pour déliberer. Leurs factions étoient furieufes et immortelles ; leurs féditions fréquentes et terribles ; leurs plus beaux jours remplis de méfiance, d'envie et de confufion *: Dans la Politique.

* Voy. le iii. L. de Thucydide.

Diodore de Sicile, depuis le L. xi. jufqu'au L. xx. prefque par tout.

La Préface de l'Abbé Terraffon au iii. tom. de fa traduction de Diodore de Sicile, et Hume's Political Effays, p. 191.

C 3

Leurs

Leurs Citoyens étoient malheureux; mais leurs Ecrivains, l'imagination échauffée par ces affreux objets, les peignoient comme ils les fentoient. La tranquille adminiftration des loix; ces arrêts falutaires, qui, fortis du cabinet d'un feul ou du confeil d'un pe-tit nombre, vont répandre la félicité chez un peuple entier, n'excitent chez le Poete que l'admiration, la plus froide de toutes les paffions.

Dans la Re-ligion. XIII. La Mythologie ancienne, qui ani-moit toute la nature, étendoit fon influence à la plume du Poete. Infpiré par fa Mufe il chantoit les attributs, les avantures, et les malheurs des Dieux. L'Etre infini, que la Religion et la Philofophie nous ont fait connoître, eft au-deffus de fes chants: le fublime à fon egard devient puerile. Le

Fiat

Fiat de Moïfe nous frape * ; mais la raifon ne fauroit fuivre les travaux de la Divinité, qui ébranle fans efforts et fans inftruments des millions de mondes, et l'imagination ne peut voir avec plaifir les Diables de Milton combattre pendant deux jours les armées du Tout Puiffant †.

* V. les pieces de Huet et de Defpréaux, dans le iii. tom. des Œuvres de celui-ci.

† Le compas d'or dont le Createur mefure l'univers étonne chez Milton. Peut-être chez lui eft-il puerile : ches Homere il eut été fublime. Nos idées philofo-phiques de la Divinité nuifent au Poete. Les mêmes ornemens la defigurent qui auroient relevé le Jupiter des Grecs. Le beau Génie de Milton lutte contre le fyftême defa Religion, et ne paroit jamais fi grand que lorfqu'il en eft un peu affranchi : pendant qu'un Pro-perce déclamateur froid et foible ne doit fa renommée qu'au fpectacle riant de fa Mythologie.

C 4

Les

Les anciens connoiſſoient leurs avantages, et les employoient avec ſuccès. Ces chefs-d'œuvre que nous admirons encore en ſont la meilleure preuve.

Moyens de ſentir les beautés.

XIV. Mais nous, placés ſous un autre Ciel, nés dans un autre ſiècle, nous perdrions néceſſairement toutes ces beautés, faute de pouvoir nous placer au même point de vuë, où ſe trouvoient les Grecs et les Romains. Une connoiſſance détaillée de leur ſiècle eſt le ſeul moyen qui puiſſe nous y conduire. Quelques idées ſuperficielles, quelques lumieres puiſées au-beſoin dans un commentaire, ne nous laiſſeront ſaiſir que les beautés les plus ſenſibles, et les plus apparentes : toutes les graces, toutes les fineſſes de leurs ouvrages nous échaperont ; et nous traiterons de gens ſans gout leurs contemporains, pour leur avoir prodigué

des

des éloges, dont notre ignorance nous empêchera de fentir la jufteffe. La connoiffance de l'antiquité, voilà notre vrai commentaire : mais ce qui eft plus neceffaire encore c'eft un certain efprit qui en eft le réfultat ; efprit qui non-feulement nous fait connoître les chofes, mais qui nous familiarife avec elles, et nous donne à leur égard les yeux des anciens. Le fameux exemple de Perrault peut faire fentir ce que je veux dire : la groffiereté des fiècles héroïques choquoit le Parifien. En vain Boileau lui remontroit-il qu'Homere vouloit et devoit peindre les Grecs et non point les François : fon efprit demeuroit convaincu, fans être perfuadé *. Un gout antique, (j'entens pour les idées de convention,) l'eut éclairé plus que toutes les leçons de fon adverfaire.

* V. les Remarques de M. Defpréaux fur Longin.

XV. J'ai

Images arti-
ficielles ti-
ennent à
l'amour de
la gloire.

XV. J'ai dit, il y a un moment, que la raison autorifoit ces images artificielles, mais au tribunal de l'amour de la gloire je ne fais fi la décifion feroit la même. Nous aimons tous la gloire : mais rien n'eft plus différent que la nature et le degré de cet amour. Chaque homme varie dans fa maniere de l'aimer. Cet Ecrivain n'aime que les éloges de fes Contemporains. La mort met fin à toutes ces efpérances, et à toutes fes craintes. Le tombeau qui couvre fon corps peut enfevelir fon nom. Un tel homme peut fans fcrupule employer des images familières aux feuls juges dont il recherche les applaudiffemens. Cet autre lègue fon nom à la poftérité la plus reculée*. Il fe plait à penfer que, mille ans après fa mort, l'Indien des bords du Gange,

* Vie de Bacon par Mallet, p. 27.

et

et le Laponois au milieu de ſes glaces liront
ſes ouvrages, et porteront envie au pays et
au ſiècle qui l'ont vû naître.

Celui qui écrit pour tous les hommes ne
doit puiſer que dans des ſources communes
à tous les hommes, dans leur cœur et dans
le ſpectacle de la nature. Le ſeul orgueil
peut l'engager à paſſer ces limites. Il peut
préſumer que la beauté de ſes écrits lui aſ-
ſurera toujours des Burmans, qui travail-
leront à l'expliquer, et qui l'admireront
encore plus parce qu'ils l'auront expliqué.

XVI. Non-ſeulement le caractère de
l'auteur, mais encore celui de ſon ouvrage
influë à cet égard ſur ſa conduite. La
haute poëſie, l'épopée, la tragédie, l'ode
emprunteront plus rarement ces images
que la comédie et la ſatire, parcequ'elles

Et a la na-
ture du Su-
jet.

peig-

peignent les paffions, et que celles-ci cray-
onnent les mœurs. Horace et Plaute font
prefqu'inintelligibles à quiconque n'a pas
appris à vívre, et à penfer comme le peuple
Romain. Le rival de Plaute, l'élégant Térence eft mieux entendu, parcequ'il a facri-
fié la plaifanterie au bon gout, au lieu que
Plaute a immolé les bienféances à la plaifanterie. Térence fongeoit qu'il peignoit des
Athéniens; tout dans fes pieces eft Grec
hormis le langage*: Plaute favoit qu'il par-
loit à des Romains : on retrouve chez lui à

* V. Terent. Eunuch. Act ii. Sc. ii. Heauton.
Act. i. fc. i.

Les *Cupedinarii* dont parle Térence ne detrui-
fent point cette reflection. Ce mot (quand-même on
n'adopteroit pas la conjecture de Saumaife) étoit devenu d'un nom propre un nom appellatif. V. Terence
Eunuch. Act. ii. Sc. ii.

Thebes,

Thebes, à Athénes, à Calydon, les mœurs, les loix et jufqu'aux bâtimens de Rome *.

XVII. Dans les Poetes héroïques les Mœurs, bien quelles ne faſſent pas le fond de leurs tableaux, en ornent ſouvent le loin-tain. Il eſt impoſſible de ſentir le plan, l'art, les détails de Virgile, ſans être inſtruit a fonds de l'hiſtoire, des loix, de la religion des Romains ; de la géogra-phie de l'Italie ; du caractère d'Auguſte ; de la rélation finguliere et unique que ce Prince ſoutenoit avec le ſenat et le peuple†. Rien de plus frapant, et de plus intéreſſant pour ce peuple, que le contraſte de Rome

Contraſte de l'enfance et de la gran-deur de Rome.

* Amphytr. Act. i. Sc. i. Quid faciam nunc, ſi Treſviri me in carcerem compegerint, &c.

† V. les Diſſertations de M. de la Bleterie ſur le pouvoir des Empereurs. Mem. de l'Acad. des Belles-Lettres, tom. xix. p. 357—457. tom. xxi. p. 299, &c. tom. xxiv. p. 261, &c. p. 279, &c.

couverte

couverte de paille renfermant trois mille
citoyens dans ses murs *, avec cette même
Rome capitale de l'univers, dont les mai-
sons étoient des palais, les citoyens des
princes, et les provinces des empires. Puis-
que Florus a sû saisir ce contraste, on peut
croire que Virgile ne l'a pas manqué. Il
l'a peint des traits d'un grand maître.
Evandre conduit son hôte par ce village,
où tout jusqu'au Monarque respiroit la
rusticité. Il lui en explique les antiqui-
tés : et le Poete laisse habilement entrevoir à quoi ce village, ce Capitole futur
caché par les ronces étoit réservé †.

* Varron de ling. Latina, L. iv. Dionys. Halycarn. L. xi. p. 76. Plutarch. in Romul.

† Virg. Æneid. L. viii. V. 185. à 370.

Hinc ad Tarpeïam sedem, et Capitolia ducit
Aurea nunc, olim sylvestribus horrida dumis
———————— ———————— armenta videbant
Romanosque foro et lautis mugire carinis.

que

I

Que ce tableau eſt vif! Que ce contraſte eſt parlant pour un homme inſtruit dans l'antiquité! Qu'il eſt fade aux yeux de celui qui n'apporte à la lecture de Virgile, d'autre préparation qu'un goût naturel, et quelque connoiſſance de la langue Latine!

XVIII. Mieux on poſséde l'antiquité, plus on admire l'art de ce Poete. Son ſujet étoit aſsez mince. La fuite d'une bande d'éxilés; le combat de quelques villageois; l'établiſſement d'une bicoque, voilà les travaux tant vantés du pieux Enée. Mais le Poete les a annoblis; et il a ſû en les annobliſſant les rendre encore plus intéreſſans. Par une illuſion trop fine pour ne pas ſe dérober au commun des lecteurs, et trop heureuſe pour déplaire aux juges, il em-

Art de Virgile.

embellit les mœurs des fiécles héroïques,
mais il les embellit fans les déguifer *.
Le pâtre Latinus, et le féditieux Turnus
font transformés en Monarques puiffans.
Toute l'Italie craint pour fa liberté. Enée
triomphe des hommes et des Dieux.
Virgile fait encore faire rejaillir fur les
Troyens toute la gloire des Romains.

* Rien de plus difficile pour un écrivain élevé dans
le luxe que de peindre fans baffeffe des mœurs fimples.
Lifez l'Epitre de Penelope dans Ovide, vous vous y
fentirez révolté de cette même rufticité qui vous en-
chante chez Homere. Lifez Mademoifelle de Scudé-
ry, vous ferez défagréablement furpris de retrouver
à la cour de Tomyris la pompe de celle de Louis xiv.
Il faut être fait à ces mœurs pour en faifir le ton. La
réflexion a tenu lieu d'expérience à Virgile et peut-
être à Fenelon. Ils ont connu qu'il les falloit orner
un peu pour ménager la délicateffe de leurs concitoyens; mais qu'on choqueroit cette même délicateffe
fi on les fardoit beaucoup.

Le

mains. Le fondateur de Rome fait dif-
paroître celui de Lavinium. C'eſt un feu
qui s'allume. Bientôt il embraſera toute
la terre. Enée (ſi j'oſe hazarder l'expreſſion) contient le germe de tous ſes deſ-
cendans. Aſſiégé dans ſon camp il nous
rapelle Ceſar et Alexia. Nous ne parta-
geons point notre admiration.

Jamais Virgile n'employe mieux cet art
que lorſque, deſcendu aux enfers avec ſon
héros, ſon imagination en paroit affranchie.
Il n'y crée point d'êtres nouveaux et fantaſques. Romulus et Brutus, Scipion et Ceſar
s'y montrent, tels que Rome les admira ou
les craignit.

XIX. On lit les Georgiques avec ce Les Georgiques,
goût vif qu'on doit au beau, et avec ce

D   plaiſir

plaifir délicieux, que l'aménité de leur objet infpire à toute ame honnête et fenfible. On pourroit cependant fentir croitre fon admiration, fi l'on découvroit chez leur auteur un but aufli relevé que l'exécution en eft achevée. Je puife toujours mes exemples chez Virgile. Ses beaux vers et les préceptes de fon ami Horace fixèrent le gout des Romains, et peuvent inftruire la poftérité la plus reculée. Mais pour déveloper mes idées, il faut les prendre d'un peu loin.

Les Vété-
rans.

XX. Les premiers Romains combattoient pour la gloire et pour la patrie. Depuis le fiège de Veïes * ils recevoient une paye afsez modique, et quelquefois des recom-

* Liv. L. iv. c. 59, 60.

penfes

penfes après les triomphes * : mais ils les recevoient comme une grace, et non comme une dette. La guerre finie, chaque foldat devenu citoyen fe retiroit dans fa cabane et y fufpendoit fes armes inutiles, prêt à les reprendre au premier fignal.

Quand Sylla rendit la tranquillité à la republique, les chofes étoient bien changées. Plus de trois cens mille hommes accoutumés au carnage et au luxe †, fans biens, fans patrie, fans principes, exigeoient des recompenfes. Si le Dictateur les leur avoit données en argent, fuivant le taux établi enfuite par Augufte, elles lui auroient couté plus de trente deux millions

---

* Liv. L. xxx. c. 45, &c.

Arbuthnot's Tables, p. 181, &c.

† Saluft in Bell. Catilin. p. 22. Edit. Thyfii.

de

de notre monnoye *, somme immense dans

les

* Ce taux étoit de trois mille drachmes, ou douze mille sesterces pour le simple légionaire, (1) du double pour le cavalier et le centenier, et du quadruple pour le tribun. (2) La légion Romaine, depuis l'augmentation de Marius, (3) étoit de six mille fantassins, et de trois cens chevaux. Ce grand corps n'avoit que soixante six officiers, savoir soixante centeniers et six tribuns. Voici le calcul.

	Liv. Sterl.
282,000 légionaires à 3000 drachmes ou 12,000 sesterces, ou 105 l. sterling chacun	28,905,000
2,820 centeniers et 14,100 cavaliers à 6000 drachmes ou 210 livres sterling chacun	3,468,600
282 tribuns à 12,000 drachmes ou l. 410 chacun	115,620
En tout l.	32,489,220

Suivant les calculs de M. Arbuthnot cette somme ne seroit que de l. 30,705,220, la drachme valant

7

----

(1) Dion. Cass. L. liv. Lipf. Ex. ad L. i. Annal. Tacit. C.

(2) Wotton's History of Rome, p. 154.

(3) Rosin. Antiq. p. 964.

(4)

les tems les plus prospères, mais alors au-
dessus des facultés de la republique. Sylla
embrassa un parti, que la nécessité et son in-
terêt particulier, plûtôt que le bien de l'état,
lui dicterent : il donna des terres aux soldats.
Quarante sept légions furent dispersées dans
l'Italie. On fonda vingt-quatre colonies
militaires *. Expédient ruineux ! Si on les
mêloit, ils quittoient leurs habitations pour
se retrouver. Si on les laissoit en corps, le
premier séditieux y trouvoit une armée toute

$7\frac{3}{4}$ soûs d'Angleterre. (4) Mais quelques recherches
que j'aie faites, la drachme Attique des derniers tems,
égale au denier Romain en poids comme en valeur,
valoit $8\frac{1}{5}$ de cette monnoye (5).

* Liv. L. lxxxix. Epitom. Freinsheim. suppl. L.
lxxxix. c. 34.

(4) Arbuth. Tables, p. 15.

(5) V. mes Rem. M. S. sur les poids, &c. des anciens, Hooper, p. 108. et Eissenschmidt, p. 23, &c.

D 3   prête

prête *. Ces vieux guerriers ennuyés du repos, et trouvant au-deſſous d'eux d'acheter par la ſueur ce qui pouvoit ne couter que du ſang †, diſſiperent leurs nouveaux biens par la débauche, et n'eſpérant de ſalut que dans une guerre civile, ſervirent puiſſamment les deſſeins de Catilina ‡. Auguſte preſſé par les mêmes embarras, ſuivit le même plan, et en craignit les mêmes ſuites. La triſte Italie fumoit encore.

" Des feux qu'a rallumé la liberté mourante ‖ ".

Les hardis vétérans n'avoient acheté

* Tacit. Annal. xiv. p. 249. Edit. Lipſii.

† Tacit. de Mor. Germani, p. 4 41.

‡ Saluſt. in Bell. Catilin. p. 40. Cicero in Catilin. Orat. ii c. ς.

‖ Racin. Mithrid. Act. iii. ſc. 1.

leurs

leurs poſſeſſions que par une guerre ſang-
lante, et leurs fréquens actes de violence
montroient aſſez qu'ils ſe croïoient toujours les armes à la main *.

XXI. Qu'-y-avoit-il alors de plus aſſorti But de Vir-
à la douce politique d'Auguſte, que d'em- gile.
ployer les chants harmonieux de ſon ami,
pour les reconcilier à leur nouvel état ? Auſſi
lui conſeilla-t-il de compoſer cet ouvrage :

Da facilem curſum atque audacibus adnue
          cæptis
Ignaroſque viæ, mecum miſeratus agreſtes
Ingredere ; & votis jam nunc aſſueſce vo-
          cari †.

L'agriculture avoit cependant plus de cinquante écrivains Grecs ‡ ; les livres de Caton

* V. Donat. in Vit. Virgil.
 Virgil, Eclog. ix. v. 2, &c.
† Virg. Georg. L. i. v. 40.
‡ Varro de Re Ruſtic. L. i. c. 1.

et

et de Varron étoient des guides plus sûrs, plus minutieux et plus exacts que ne pouvoit l'être un Poete. Mais il falloit faire gouter à des soldats le repos de la campagne plûtôt que les instruire dans les principes de l'agriculture ? De là toutes ces descriptions touchantes des plaisirs innocens du campagnard, ses jeux, ses foyers, ses retraites délicieuses opposées aux amusemens frivoles des hommes, et à leurs affaires plus frivoles que leurs amusemens.

Il y a dans ce tableau de ces traits vifs et inattendus, de ces détours cachés et heureux, qui montrent en Virgile un génie pour la satyre, que des vuës supérieures et la bonté de son cœur l'empêchoient seules de cultiver *. Quel vétéran ne se re-

* Hic petit excidiis urbem, miserosque penates,
Ut gemmâ bibat, et Sarrano dormiat ostro.
Virg. Georg. L. ii. v. 505, &c.

connoissoit

connoiſſoit pas dans le vieillard Corycien*?
Comme eux accoutumé aux armes dès ſa
jeuneſſe, il trouvoit enfin le bonheur dans
une retraite ſauvage, que ſes travaux avoit
transformée en un lieu de délices †.

L'Italien las de mener une vie remplie
de craintes légitimes déploroit avec Virgile
les malheurs du tems, et plaignoit ſon Prince
de ſe voir emporté par la violence des vétérans,

Ut cum carceribus ſeſe effudere qua-
        drigæ,
Addunt in ſpatium, et fruſtra retinacula
        tendens
Fertur equis auriga, neque audit currus
        habenas ‡.

* Virg. Geor. L. iv. v. 125, et ſeq.
† Il étoit du nombre des pirates auxquels Pompée
avoit donné des terres. V. Serv. in loc. et Vell. Pa-
ter. L. ii. p. 56.
‡ Virg. Georg. L. i. v. 512.

et

et recommençoit ses travaux dans l'espoir d'un nouveau siècle d'or.

XXII. Si l'on adopte mes idées, Virgile n'est plus un simple écrivain, qui décrit les travaux rustiques. C'est un nouvel Orphée, qui ne manie sa lyre que pour faire déposer aux sauvages leur férocité, et pour les réunir par les liens des mœurs et des loix *.

Ses chants produisirent cette merveille. Les vétérans s'accoutumerent insensiblement au repos. Ils passerent en paix les trente ans qui s'écoulerent avant qu'Auguste eut établi, non sans beaucoup de difficulté,

---

* Sylvestres homines sacer interpresque Deorum
Cædibus et victu fœdo deterruit Orpheus,
Dictus ob hoc lenire tigres rabidosque leones.

Horat. Ars Poet. v. 391.

un

un tréfor militaire pour les payer en ar·
gent *.

XXIII. Ariftote, qui portoit la lumière
dans les tenébres de la nature et de l'art,
eft le pere de la critique. Le tems, dont
la juftice lente mais fûre met enfin la vérité à la place de l'erreur, a brisé les fta-
tues du philofophe, mais a confirmé les
décifions du critique. Deftitué d'obferva-
tions, il a donné des chimeres pour des
faits. Formé dans l'école de Platon,
et dans les écrits d'Homere, de Sophocle,
d'Euripide et de Thucydide, il a puifé fes
règles dans la nature des chofes et dans la
connoiffance du cœur humain. Il les a

* Tillemont. Hift. des Emper.
Tacit, Annal. L. i. p. 39.
Dionyf. L. lv. p. 565.
Sueton. in Auguft. c. 49.

Éclaircies

éclaircies par les exemples des plus grands modèles.

Deux mille ans se font écoulés depuis Ariftote. Les critiques ont perfectionné leur art. Cependant ils ne font pas encore d'accord fur l'objet de leurs travaux. Les le Clerc, les Coufin, les Des-maifeaux, les de fainte-Marthe *, nous en offrent des définitions différentes. Pour moi, je les crois toutes ou trop partiales, ou trop arbitraires. La critique eft, felon moi, l'art de juger des écrits et des écrivains ; ce qu'ils ont dit s'ils l'ont bien dit, s'ils ont dit vrai †. De la premiere de ces branches

---

* Clerici Ars Crit. L. i. c. 1.

† Il faut borner ce vrai au vrai hiftorique, à la vérité de leurs témoignages et non de leurs opinions. Cette derniere efpèce de vérité eft plutôt du reffort de la logique que de celui de la critique.

découle

découle la grammaire, la connoiſſance des langues, et des manuſcrits, le diſcernement des ouvrages ſuppoſés, le rétabliſſement des endroits corrompus. Toute la théorie de la Poëſie et de l'éloquence ſe tire de la ſeconde. La troiſieme ouvre un champ immenſe, l'examen et la critique des faits. On pourroit donc diſtinguer la nation des critiques en critiques Grammairiens, en critiques Rhéteurs, et en critiques Hiſtoriens. Les prétenſions excluſives des premiers ont nui non-ſeulement à leur travail, mais à celui de leurs confreres.

XXIV. Tout ce qu'ont été les hommes; tout ce que le génie a créé; tout ce que la raiſon a peſé; tout ce que le travail a recueilli, voilà le département de la critique. La juſteſſe d'eſprit, la fineſſe, la pénétration, ſont toutes néceſſaires pour l'exercer

Matériaux du critique.

l'exercer dignement. Je fuis le littérateur dans fon cabinet. Je le vois entouré des productions de tous les fiècles : fa biblio-thèque en eft remplie : fon efprit en eft éclairé fans en être chargé. Il étend fes regards de tous cotés. L'auteur le plus éloigné du travail de l'inftant n'eft pas oublié : un trait lumineux pourroit s'y rencontrer, qui confirmeroit les découvertes du critique ou qui ébranleroit fes hypothèfes. Le travail de l'érudit eft achevé. Le philofophe de nos jours s'y arrête et loue la mémoire du compilateur. Celui-ci en eft quelquefois la dupe, et prend les matériaux pour l'édifice.

Opérations du critique; XXV. Mais le vrai critique fent que fa tâche ne fait que commencer. Il pèfe, il combine, il doute, il décide. Exact et

impar-

impartial il ne fe rend qu'à la raifon, ou à l'autorité, qui eft la raifon des faits *. Le nom le plus refpeΣable le cède quelquefois au témoignage d'écrivains auxquels les cir- conftances feules donnent un poids momen- tané. Prompt et fécond en reffources, mais fans fauffe fubtilité, il ôfe facrifier l'hy- pothèfe la plus brillante, la plus fpécieufe, et ne fait point parler à fes maîtres le langage de fes conjeΣures. Ami de la verité, il cherche le genre de preuves qui convient à fon fujet, et il s'en contente. Il ne porte point la faulx de l'analyfe fur ces beautés délicates, qui fe fanent fous la touche la moins rude ; mais auffi peu content d'une admiration ftérile, il fouille jufques dans les principes les plus cachés

* C'eft-à-dire, l'autorité combinée avec l'expéri- ence.

du

du cœur humain, pour fe rendre raifon de fes plaifirs et de fes dégouts. Modeſte et fensé il n'étale point fes conjectures comme des vérités, fes inductions comme des faits, fes vraifemblances comme des démonſtrations.

La critique une bonne logique.

XXVI. On a dit que la géométrie étoit une bonne logique, et l'on a crû lui donner un grand éloge : il eſt plus glorieux aux ſciences de déveloper ou de perfectionner l'homme que de reculer les bornes de l'u-nivers. Mais la critique ne peut-elle pas partager ce titre ? Elle a même cet avantage : la géométrie s'occupe de dé-monſtrations qui ne fe trouvent que chez elle : la critique balance les différens degrés de vraifemblance. C'eſt en les comparant que nous reglons tous les jours nos actions,

que

que nous décidons fouvent de notre fort *.
Balançons des vraifemblances critiques.

XXVII. Notre fiècle, qui fe croit def- Controverfe
tiné à changer les loix en tout genre, a en- Romaine.
fanté un Pirrhonifme hiftorique, utile et dan-
gereux. M. de Pouilly, efprit brillant et
fuperficiel, qui citoit plus qu'il ne lifoit,
douta de la certitude † des cinq premiers
fiècles de Rome ; mais fon imagination
peu faite pour ces recherches céda facile-

_____

* Il s'agit principalement des Elémens de la Géométrie et de ceux de la critique.

† Une définition claire de cette certitude fur laquelle on fe difputoit auroit pû abreger la controverfe.
" C'eft la certitude hiftorique." Mais cette certitude
varie de fiècle en fiècle. Je crois en gros à l'exiftence
et aux actions de Charlemagne : mais la certitude
que j'en ai n'eft point égale à celle des exploits
d'Henri quatre.

E   ment

ment à l'érudition et à la critique de M. Freret et de l'Abbé Sallier *. M. de Beaufort fit revivre cette controverse; et l'histoire Romaine souffrit beaucoup des attaques d'un écrivain, qui savoit douter, et qui savoit décider.

Traité entre Rome et Carthage. XXVIII. Un traité des Romains et des Carthaginois devint entre ses mains une objection accablante †. Ce traité se rencontre chez Polybe, historien exact et éclairé ‡. L'original se conservoit à Rome de son tems. Cependant ce monument authentique contredit tous les historiens. L. Brutus et M. Horatius y paroissent comme exerçant le consulat ensemble, quoiqu' Ho-

* V. Mém. de l'Acad. des Belles-Lettres, tom. vi. p. 14. 190.

† Differt. sur l'incertit. de l'hist. Rom. p. 35—46.

‡ Polyb. Hist. l. iii. c. 22.

ratius

tatius n'y parvint qu'après la mort de Brutus. Les Romains y ont des sujets qui n'étoient encore que leurs alliés. On entend parler de la marine d'un peuple, qui ne construisit ses premiers vaisseaux que dans la première guerre Punique, deux cens cinquante ans après le consulat de Brutus. Quelles conclusions fatales ne tire-t-on pas de cette contrarieté? Elles sont toutes au désavantage des historiens.

XXIX. Cette objection a fort embarassé les adversaires de M. de Beaufort. Ils ont douté de l'authenticité de ce monument original. Ils en ont avancé la datte. Tâchons par une explication vraisemblable de concilier le monument et les historiens. Séparons d'abord la datte d'avec le corps du traité. Celui-ci est du tems de Brutus.

Ce traité éclairci.

Celle-

consuls. Celle-là est de la façon de Polybe ou de ses antiquaires Romains. Les noms des consuls ne se lisoient jamais dans les traités solemnels, dans les fœdera consacrés par toutes les cérémonies de la religion. Les seuls ministres de cette religion, les *féciaux*, les signoient : et cette circonstance distinguoit les *fœdera* et les *sponsiones*. Nous devons ce détail à Tite-Live *. Il fait disparoître la difficulté. Les antiquaires auront pris les féciaux pour les consuls. Mais sans songer à cette méprise, ces antiquaires, que rien n'obligeoit à la précision dans l'explication des monumens publics, ont marqué

---

* Spoponderunt consules, legati, quæstores, tribuni militum, nominaque eorum qui spoponderunt adhuc exstant, ubi si ex fœdere acta res esset præterquam duorum fecialium non extarent.

Tit. Liv. L. ix. c. 5.

l'an-

l'année du régifuge, par les noms célèbres
du fondateur de la liberté et de celui du capitole. Il leur importoit peu de s'affurer
s'ils exercérent le confulat enfemble.

XXX. Les peuples d'Ardée, d'Antium, Les fujets
de Terracine n'étoient point fujets des Ro- des Romains.
mains, ou s'ils l'étoient, les hiftoriens nous
ont donné une idée très-fauffe de l'étendue
de la republique. Tranfportons-nous dans
le fiècle de Brutus, et puifons dans la politique des Romains une définition du terme
d'allié affez éloignée de la nôtre. Rome,
quoique la derniere colonie des Latins, fongea
de bonne heure à réunir toute cette nation
fous fes loix. Sa difcipline, fes héros et
fes victoires lui acquirent bientôt une fupériorité décidée. Fiers, mais politiques,
les Romains en usèrent avec une fageffe

E 3   digne

digne de leur bonheur. Ils comprirent
que des cités mal-asservies arréteroient les
armes, épuiseroient les trésors, et corrom-
proient les mœurs de la republique. Sous
le nom plus spécieux d'alliés ils surent faire
aimer leur joug aux vaincus. Ceux-ci con-
sentirent avec plaisir à reconnoître Rome
pour la capitale de la nation Latine, et à
lui fournir un corps de troupes dans toutes
ses guerres. La republique ne leur devoit
qu'une protection, marque de sa souve-
raineté et qui leur coutoit si cher. Ces
peuples étoient alliés de Rome, mais ils
virent bientôt eux-mêmes qu'ils en étoient
esclaves *.

XXXI. Cette explication diminue la difficulté, me dira-t-on, mais ne la dissipe

---

* Tit. Liv. L. viii. c. 4.
Le Préteur Annius appelle le gouvernement des
Romains, *Regnum impotens.*

pas.

pas. Ὑπηκοοι, l'expreffion dont fe fert Polybe, fignifie fujet, dans le fens propre du
mot. Je ne le contefterai pas. Mais nous
n'avons que la traduction de ce traité ; et
fi l'on accorde à fes copies une confiance
conditionelle pour le fond des chofes, il ne
doit pas être permis, de rien conclurre
de leurs expreffions prifes à la rigueur. Les
affemblages d'idées font fi arbitraires, les
nuances fi légères, les langues fi différentes, que le plus habile traducteur peut
chercher des expreffions équivalentes, mais
n'en trouve guères que de femblables *.
Le langage de ce traité étoit ancien. Polybe fe fia aux antiquaires Romains. La
vanité leur groffit les objets. Fœderati ne
fignifie pas des alliés égaux : rendons le
dirent ils par fujets.

* V. Cleric. Ars Critic. L. ii c. 2. § 1, 2, 3.

E 4　　　XXXII.

Leur marine.

XXXII. La marine des Romains embaraſſe encore nos critiques. Polybe nous aſſure que la flotte de Duillius fut leur premier eſſai dans ce genre *. Eh bien, Polybe ſe trompe puis qu'il ſe contredit; voilà toute ma concluſion. Mais en admettant-même ſon récit, l'hiſtoire Romaine ne s'écrouleroit cependant pas. Voici une hypothèſe, qui explique ce phénomène d'une manière raiſonnable; et c'eſt tout ce qu'on eſt en droit d'exiger d'une hypothèſe. Tarquin opprime le peuple et les ſoldats. Il s'approprie tout le butin. On ſe dégoute de la milice. On équipe de petits batimens qui font des courſes ſur mer. La republique naiſſante les protège, mais met un frein par ce traité à leurs déprédations. Des guerres continuelles, la paye

* Polyb. L. i. c. 20.

qu'on

qu'on accorde aux troupes de terre font né-
gliger la marine ; et dans un fiècle ou deux,
on oublie quelle a jamais exifté *. Polybe aura parlé d'une façon un peu trop générale.

XXXIII. D'ailleurs la premiere marine des
Romains ne pouvoit être compofée que de bâtimens à cinquante rames. Gelon et Hieron
conftruifirent des vaiffeaux plus grands †.
Les Grecs et les Carthaginois les imite-
rent ; et dans la premiere guerre Punique,
lés Romains mirent en mer de ces vaiffeaux
à trois ou quatre rangs de rames, qui étonnent
encore nos antiquaires et nos méchaniciens.

---

* Je ne dis rien de la flotte qui parut devant Ta-
rente. Je crois que les vaiffeaux appartenoient aux
habitans de Thurricon. Voyez Frenfheim fupplem. Livian. L. xii. c. 8.

† Arbuthnot's Tables, p. 225. Hift. du commerce des anciens par Huet. c. 221.

Cet

Cet armement étoit bien propre à faire oublier leurs essais antiques et grossiers *.

Reflexions sur cette dispute.

XXXIV. J'ai défendu avec plaisir une histoire utile et intéressante. Mais j'ai voulu surtout montrer par ces réflexions combien sont délicates les discussions de la critique, où il ne s'agit pas de saisir la démonstration, mais de comparer le poids des vraisemblances opposées ; et combien il faut se défier des systêmes les plus éblouissans, puisqu'il y en a si peu qui soutiennent l'épreuve d'un examen libre et attentif.

La critique une prátique sans être une routine.

XXXV. Une nouvelle considération embarasse la critique d'une nouvelle difficulté.

* On peut voir une autre hypothèse du célebre M. Freret. Elle plait par sa simplicité, mais elle me paroit insoutenable. Voy. Memoires de l'Académ. des Belles-Lettres, tom. xviii. p. 102, &c.

Il eſt des ſciences qui ne font que des connoiſſances : leurs principes font des vérités de ſpéculation et non des maximes de conduite. Il eſt plus facile de comprendre ſtérilement une propoſition que de ſe la rendre familiere, de l'appliquer avec juſteſſe, de s'en ſervir comme d'un guide dans ſes études, et d'un flambeau dans ſes découvertes.

La marche de la critique n'eſt point une routine. Ses principes généraux font vrais, mais ſtériles. Celui qui ne connoit qu'eux ſe méprend également, qu'il veuille les fuivre ou qu'il ôſe s'en écarter. Le génie plein de reſſources, maître des règles, mais maître auſſi des raiſons des règles, paroit ſouvent les mépriſer. Sa route nouvelle et hardie ſemble l'en éloigner : mais ſuivez-le juſqu'au bout, vous voyez en lui un admiramirateur, mais un admirateur éclairé des mêmes règles, qui font toujours la bafe de fes raifonnemens et de fes découvertes. Que toutes les fciences fuffent *legum non hominum refpublica*, voilà le fouhait du peuple des favans. Son accompliffement feroit fon bonheur : mais on ne fait que trop que le bonheur des peuples et la gloire de ceux qui les éclairent ou qui les gouvernent font des objets fouvent différens, et quelquefois oppofés. Les favans du premier ordre ne veulent que des études femblables à la lance d'Achille : elle n'étoit faite que pour les mains du héros. Effayons de la manier.

XXXVI. Le légiflateur de la critique a prononcé, que le poete doit rendre les héros tels que l'hiftoire nous les fait connoitre :

Le Poete peut-il s'écarter de l'hiftoire ?

Aut

Aut famam fequere aut fibi convenientia
          finge
Scriptor; Homereum * fi forte reponis
          Achillen.
Impiger, iracundus, inexorabilis, acer,
Jura neget fibi nata, nihil non arroget
          armis, &c †.

Réduirons-nous donc le Poete au rôle
d'un froid annalifte ? Lui ôterons-nous ce
grand pouvoir de la fiction, ce contrafte,
ce choc des caracteres, ces fituations inattendues où l'on tremble pour l'homme, où
l'on admire le héros ? Ou-bien, plus amis
des beautés que des règles, lui pardonne-
rons-nous plus aifément les anachronifmes
que l'ennui ?

* V. Bentley et Sanadon au v. 120. de l'art Poëtique d'Horace.

† Horat. Ars Poet. v. 119, et feq.
                              XXXVII.

La loi et raison de la loi. Exemple de Virgile.

XXXVII. Charmer, attendrir, élever l'esprit, c'est là l'objet de la poësie. Les loix partiales ne doivent jamais faire perdre de vue qu'elles ne font que des moyens destinés à aider ses opérations, et non à les embarasser. On a vû que la philosophie hérissée de démonstrations ose à-peine entamer les idées reçues; comment la poësie pourroit-elle espérer de plaire qu'en s'y prêtant? Nous nous plaisons à revoir les héros et les évenemens de l'antiquité : paroissent-ils travestis, ils produisent la surprise, mais une surprise qui révolte contre les nouveautés. Lorsqu'un auteur veut hazarder quelque changement, il doit réflechir s'il en naît une beauté frapante ou légère, mais toujours proportionnée à la violation des loix. Ce n'est qu'à ce prix qu'il peut racheter son attentat.

Les

Les anachronifmes d'Ovide nous déplai-
fent *. La vérité y eft corrompue fans être
embellie. Que le Mézence de Virgile eft
d'un caractère différent! Ce Prince ne
périt que par les armes d'Afcagne.
† Mais quel lecteur affez glacé pour
y fonger un inftant, lorfqu'il voit Enée,
miniftre des vengeances céleftes, devenir
le protecteur des nations opprimeés, lan-

---

* En matiere de géographie et de chronologie on
doit peu compter fur l'autorité d'Ovide. Ce poete
étoit d'une ignorance groffiere dans ces deux fciences.
Lifez la defcription des voyages de Médée ; Metamorph. L. vii. v. 350. à 402. et le xiv. L. des
mêmes Metamorph. Celle-là eft remplie d'erreurs
géographiques, qui donnent la torture aux commen-
tateurs-mêmes : et celui-ci fourmille de bevues chro-
nologiques.

† Serv. ad Virg. Æneid L. iv. v. 620. Dion.
Halycarn. antiq. Rom. L. i.

cer

cet la fondre fur la tête du coupable tyran,
mais s'attendrir fur la victime infortunée
de fes coups; le jeune et pieux Laufus digne d'un autre pere, et d'un deftin plus pro-
pice ? Que de beautés l'hiftoire faifoit perdre au poete! Encouragé par ce fuccès, il
l'abandonne quand il eut dû la fuivre. Enée arrive dans l'Italie fi défi-
rée ; les Latins accourent pour défendre leurs foyers, tout menace du plus
fanglant combat.

" Déjà de traits en l'air s'élevoit un nuage,
" Déjà couloit le fang prémice du carnage *."

Le nom d'Enée fait tomber les armes aux
ennemis. Ils craignent de combattre ce

* Racin. Iphig. Act. v. fc. dern.

guerrier

guerrier, dont la gloire s'élève des cendres
de fa patrie. Ils courent embraffer ce
Prince annoncé par tant d'oracles, qui leur
apporte du fond de l'Afie, fes Dieux, une
race de héros, et la promeffe de l'empire
de l'univers. Latinus lui offre un azile
et fa fille. * Quel coup de théatre! Qu'il
étoit digne de la majefté de l'épopée, et de
la plume de Virgile! Qu'on lui compare,
fi on l'ofe, l'ambaffade d'Ilioneus, le palais de Latinus, et le difcours du Monarque †.

XXXVIII. Que le Poete, je le répète Eclairciffe-
mens et
encore, ôfe hazarder, pourvû que le lec- reftrictions.
teur retrouve toujours dans fes fictions ce

* Tit. Liv. L. i. c. 1.
† Virg. Æneid. L. vii. v. 148. jufqu'à 285.

F   même

même degré de plaifir, que la vérité et les
convenances lui euffent offert. Qu'il ne
bouleverfe pas les annales d'un fiècle pour
dire une antithèfe. L'invention ne trou-
vera pas cette loi trop févère fi elle
réfléchit, que le fentiment appartient à
tous les hommes, que les connoiffances
ne font le partage que d'un petit nombre,
et que le beau agit plus puiffamment fur
l'ame que le vrai fur l'efprit. Qu'elle fe
fouvienne toute fois qu'il eft des écarts
que rien ne peut faire oublier. L'imagination forte de Milton, la verfification
harmonieufe de Voltaire, ne nous re-
concilieroient jamais avec Céfar lâche,
Catilina vertueux, Henri IV. vain-
queur des Romains. Difons en raffemblant nos idées, que les caractères des
grands hommes doivent être facrés ; mais
que

que les poëtes peuvent écrire leur histoire, moins comme elle a été que comme elle eût dû être ; qu'une création nouvelle révolte moins que des changemens essentiels, parce que ceux-ci supposent l'erreur, et celles-là une simple ignorance ; et qu'enfin on rapproche plus aisément les tems que les lieux.

On doit sans doute de l'indulgence aux siècles reculés, où les systêmes des chronologistes sont les fictions des poëtes, à l'agrément près. Quiconque ôse condamner l'épisode de Didon est plus philosophe ou moins homme de gout que moi *.

XXXIX. Plus

---

* On peut douter cependant si cet épisode blesse la véritable chronologie. Dans le systême plausible du Che-

valier

XXXIX. Plus on a approfondi les fciences, plus on a vû qu'elles étoient toutes

valier Newton, Enée et Didon fe trouvent contemporains. (1) Les Romains devoient mieux connoitre l'hiftoire de Carthage que les Grecs. Les archives de Carthage étoient paffées à Rome (2). La langue Punique y étoit affez connue (3). Les Romains confultoient volontiers les Africains fur leurs origines (4). D'ailleurs, (et c'eft affez pour difculper notre poete) Virgile adopte une chronologie plus conforme aux fupputations de Newton qu'à celles d'Eratofthène. Peut-être on ne fera pas faché de voir les preuves de ce fentiment.

Sept ans fuffirent à peine au courroux de Junon et aux voyages d'Enée. C'eft Didon qui me l'apprend ;

Nam

---

(1) V. Newton's Chronology of ancient Kingdoms reformed. p 32. (2) Univerfal Hiftory, tom. xviii. p. 111, 112. (3) Plaut. Penul. act v. fc. 1. (4) Saluft. in Bell. Jugurth. c. 17. Ammian Marcel. l. xxii. Mem. de l'Acad. des Belles lettres, tom. iv. p. 464.

toutes liées. On a crû voir un bois im- Befoin mutuel des hommes.
menfe. Au premier coup d'œil tous les

arbres

> Nam te jam feptima portat
> Omnibus errantem terris et fluctibus ætas (5).

Quelques mois après il arriva au bord du Tibre. Ce fut-là que le Dieu du fleuve lui apparut, lui prédit de nouveaux combats, mais lui fit efpérer une fin glorieufe à fes maux. Un prodige confirma l'oracle. Une truye couchée fur le rivage montroit, par fes trente petits qui l'environnoient, le nombre d'années qui devoient s'écouler avant que le jeune Afcagne jettât les fondemens d'Albe;

> Jamque tibi, ne vana putes hæc fingere fomnum,
> Littoreis ingens inventa fub ilicibus fus,
> Triginta capitum fœtus enixa, jacebit;
> Alba, folo recubans, albi circum ubera nati.
> Hic locus urbis erit, requies ea certa laborum :
> Ex quo ter denis urbem redeuntibus annis

F 3

Af-

---

(5) Virgile Eneid. l.i. v. 755.

arbres qui le formoient paroiſſoient iſolés ;

mais

Aſcanius clari condet cognominis Albam (6).

Cette ville demeura pendant trois cens ans le ſiège de l'Empire et le berceau des Romains ;

Hic jam ter centos totos regnabitur annos
Gente ſub Hectorea (7).

Ce ſont-là les expreſſions que Virgile met à la bouche de Jupiter. Nos chronologiſtes s'embaraſſent peu de faire tenir ſa parole au Maitre du tonnerre. Ils ſont détruire la ville d'Albe par Tullus Hoſtilius près de cinq cens ans après ſa fondation, et environ cent ans après celle de Rome (8). Mais tout s'applanit dans le ſyſtême de Newton. La priſe de Troyes placée à l'an 904, et ſuivie d'un intervalle de 337 ans, nous conduit à 567, 60 ans après les Palilia,

époque

---

(6) Virgile Eneid. l. viii. v. 42. (7) Idem. l. i. v. 272. (8) V. les tables Chronolog. d'Helvicus. è. l. ann. A. C. 656, &c.

mais à-t-on percé la superficie, on a vû que toutes les racines étoient entremêleés.

Il

époque, qui quadre au-mieux avec le règne du troisieme successeur de Romulus (9). Une ancienne tradition conservée par Plutarque (10) y coïncide avec précision. Ou déterra les Livres de Numa, An. ant. Chr. 181, quatre cens ans après la mort de ce Roi et le commencement du règne d'Hostilius. Numa mourut donc 581 ans avant l'ère chrétienne. Quel art dans le poete de saisir le moment où Enée arrive à Carthage, pour répondre à ses critiques, de la seule maniere que la rapidité de sa marche et la grandeur de son sujet pouvoient le lui permettre! Il leur fait sentir que dans ses hypothèses la rencontre de Didon et d'Enée n'est point une licence poëtique. Virgile n'est point le seul qui ait revoqué en doute la chronologie vulgaire des Rois Latins. Je le soupçonne même d'avoir puisé ses

F 4   idées

_____

(9) Newton's Chronology. p. 52, &c. (10) V. Plutarch. in Numa.

Il n'y a point d'étude, pas même la plus chétive, et la moins connue, qui n'offre quelque-

idées dans les ouvrages de son contemporain Trogue-Pompée. Cet hiſtorien, le rival de Tite-Live et de Saluſte (11), donnoit au Royaume d'Albe la même durée de trois cens ans. Si ſon hiſtoire univerſelle ne s'étoit pas perdue, nous y verrions apparemment le détail et les preuves de cette opinion. A préſent il faut nous contenter d'en lire la ſimple expoſition chez ſon abréviateur. " Albam longam " condidit, quæ trecentis annis caput regni fuit (12)." Tite-Live lui-même, ce pere de l'hiſtoire Romaine, qui fait paroitre quelquefois tant d'attachement à la chronologie reçue (13), mais qui gliſſe d'ordinaire ſur les endroits ſcabreux d'une façon qui montre ſa bonne foi et ſon ignorance, ſemble ſe défier de ſes guides

---

(11) Flav. Vopiſc. in proem. Aurelian. (12) Juſtin. l. xliii. c. 1. (13) Tit. Liv. l. i. c. 18. et alibi paſſim.

quefois des faits, des ouvertures, des ob-
tions à la plus fublime et à la plus éloignée

guides dans ces fiècles reculés. Rien de plus naturel que de marquer la durée du règne de chaque Roi
Latin dont il rapporte le nom (14)! Or il fe tait fur cet
article. Rien de plus néceffaire que de fixer au-
moins l'intervale entre Enée et Romulus; il ne le
fait point. Ce n'eft pas tout. " La deftruction
" d'Albe, dit-il, fuivit de 400 ans fa fondation (15)."
En retranchant cent ans pour les règnes de Romulus
et de Numa, et pour la moitié de celui d'Hoftilius, il
nous en reftera 300 au-lieu de 400 que nous donneroit la chronologie d'Eratofthène. Tite-Live eft donc
d'accord avec Virgile à peu de chofe près; et cette
petite différence affermit leur union plûtôt qu'elle ne
l'affoiblit. Je prévois une objection, mais des plus
minces. Y répondre ce feroit créer des monftres
pour les combattre; ainfi, je finis cette digreffion
déjà trop longue.

___

(14) Tit. Liv. l. i. c. 9. (15) Idem. l. i. c. 29.

des

des connoiffances. J'aime à pefer fur cette confidération. Il faut faire voir aux nations et aux profeffions differentes, leurs befoins réciproques. Montrez à l'Anglois les avantages du François ; faites connoître au phyficien les fecours que la littérature lui préfente ; l'amour propre fupplée à ce que la difcrétion vous a fait fupprimer. Ainfi la Philofophie s'étend : l'humanité gagne. Les hommes étoient rivaux ; ils font freres. _____

Liaifon de la Phyfique et de la Litérature.

XL. Dans toutes les fciences nous nous appuyons fur les raifonnemens et fur les faits. Sans ceux-ci nos études feroient chimériques ; privées de ceux-là elles ne fauroient être qu'aveugles. C'eft ainfi que les Belles-Lettres font mélangées.

Toutes

I

Toutes les branches de l'étude de la nature, qui cache souvent sous une petiteſſe
apparente une grandeur réelle, le font pa-
reillement. Si la phyſique à ſes Buffons,
elle a auſſi, (pour parler le langage du
tems,) ſes érudits. La connoiſſance de
l'antiquité leur offre aux uns et aux autres une riche moiſſon de faits propres à
dévoiler la nature, ou du moins à em-
pêcher ceux qui l'étudient de prendre
un nuage pour une Divinité. Quelles lumières le medecin ne puiſſe t-il pas dans
la deſcription de la peſte qui déſola A-
thènes ? J'admire avec lui la force majeſtueuſe de Thucydide *; l'art et l'énergie de Lucrèce †; mais il va plus loin :

* Thucydid. l. i.
† Lucret. de Rer. Natur. l. vii. v. 1136, &c.

il

il étudie dans les maux des Athéniens ceux de ſes concitoyens.

Je ſais que les Anciens s'appliquoient peu aux ſciences naturelles ; que deſtitués d'inſtrumens, et iſolés dans leurs travaux, ils n'ont pû raſſembler qu'un petit nombre d'obſervations mélées d'incertitudes, diminuées par les injures du tems, et jettées au hazard dans un grand nombre de volumes * : mais la pauvreté doit-elle inſpirer la négligence ? L'activité de l'eſprit humain s'excite par les difficultés. La néceſſité mere du relâchement ſeroit un aſſemblage étrange.

* M. Freret croyoit les obſervations philoſophiques des anciens plus exactes qu'on ne le penſe. Quiconque connoit le génie et les lumieres de Mr. Freret ſent le poids de ſon autorité. V. Mém. de l'Academ. des Belles-Lettres, tom. xviii. p. 97.

XLI.

XLI. Les partifans mêmes les plus zélés des modernes ne difconviendront pas, je penfe, des fecours, que les anciens pof-fédoient et dont nous manquons. Je rap-pelle en frémiffant les fpectacles fanglans des Romains. Le fage Ciceron les détef-toit et les méprifoit *. La folitude et le filence l'emportoient de beaucoup chez lui fur ces chefs-d'œuvre de magnificence, d'horreur et de mauvais goût †. En ef-

Avantages des anciens. Spectacles de l'amphi-téatre.

* Ciceron envie le fort de fon ami Marius, qui paffa à la campagne les jours des jeux magnifiques de Pompée. Il parle avec afsez de mépris du refte des fpectacles : mais il s'attache furtout aux combats des bêtes fauvages. " Reliquæ funt venationes, (dit il) binæ per dies quinque ; magnifice, nemo negat, fed quæ poteft homini effe polito delectatio, cum aut homo imbecillus à valentiffimâ beftia laniatur aut præ-clara beftia venabulo tranfverberatur."

† Cicero ad Famil. l. vii. epift. 1.

fct,

fet, se plaire au carnage n'est digne que d'une troupe de sauvages. On ne pouvoit élever des palais pour y faire combattre des bêtes, que chez un peuple, qui préféroit les décorations aux beaux vers, et les machines aux situations‡. Mais tels étoient les Romains : leurs vertus, leurs vices, et jusqu'à leurs ridicules étoient tous liés à leur principe dominant, l'amour de la patrie.

Cependant ces spectacles, si affreux aux yeux du philosophe, si frivoles à ceux de l'homme de goût, devoient être bien précieux pour le naturaliste. Qu'on se représente le monde épuisé pour fournir à ces jeux, les trésors des riches et le pouvoir des grands mis en œuvre pour

‡ Horat. l. ii. ep. 1. v. 187.

déterrer

déterrer des créatures singulieres par leur
figure, par leur force, ou par leur rareté,
pour les amener dans l'amphitéatre de
Rome, et pour mettre en jeu l'animal entier *. Ce devoit être une école admirable,
surtout pour cette partie la plus noble de
l'histoire naturelle, qui s'applique plûtôt à
étudier la nature et les propriétés des animaux qu'à décrire leurs os et leurs carti-
lages. Souvenons-nous que Pline a fré-
quenté cette école, et que l'ignorance a
deux filles l'incrédulité et la foi aveugle.
Ne deffendons pas moins notre liberté
contre l'une que contre l'autre.

XLII. Si l'on sort de ce théatre pour Païs où les physiciens anciens étudioient la nature.
entrer dans un autre plus vaste, et pour
examiner quelles étoient les contrées sou-

* V. Essais de Mont. vol. iii. p. 140.

mises

mifes aux naturaliftes et aux phyficiens de l'antiquité, nous ne les plaindrons pas.

Je fais que la navigation nous a ouvert un nouvel hemifphère ; mais je fais auffi que la découverte d'un matelot, et le voyage d'un marchand n'éclairent pas toujours le monde comme ils l'enrichiffent. Les limites du monde connu font plus étroites que celles du monde matériel ; et les bornes du monde éclairé font encore plus refferrées. Du tems des Pline, des Ptolomée, et des Galien, l'Europe, à préfent le fiège des fciences, l'étoit également ; mais la Grèce, l'Afie, la Syrie, l'Egypte, l'Afrique, païs féconds en miracles étoient remplis d'yeux dignes de les voir. Tout ce vafte corps étoit uni par la paix, par les loix et par la langue. L'Africain et le Breton, l'Ef-
pagnol

pagnol et l'Arabe fe rencontroient dans la capitale, et s'inftruifoient tour-à-tour. Trente des premiers de Rome, fouvent éclairés eux mêmes, toujours accompagnés de ceux qui l'étoient *, partoient tous les ans de la capitale pour gouverner les provinces, et pour peu qu'ils euffent de curiofité, l'autorité applaniffoit les routes la fcience.

XLIII. C'étoit, fans doute, de fon beau-pere Agricola que Tacite apprit que l'océan inondoit a grande Bretagne et rendoit ce païs un amas de marais †. Herodien nous confirme ce fait ‡. Cependant aujourdhui, à quelques endroits près, le terrein de notre ifle eft affez

La grande Bretagne inondée par l'ocean.

---

* V. Strab. l. xvii. p. 816. Edit. Cafaub.
† Tacit. in Vit. Agricol. c. 10.
‡ Herodian. Hift. l. iii. c. 47.

G

élevé.

élevé *. Pourroit-on ranger ce fait parmi ceux qui confirment le fystême de la diminution des eaux ? Trouvera-t-on dans les ouvrages des hommes de quoi affranchir le païs du joug de l'océan ? Le fort du marais de Pomptine †, et de quelques autres

* Voici les paroles d'Herodien, " Τὰ γὰρ πλῖϛα της βρεταννῶν χώρας ἐπικλύζομενα ταῖς τῦ ὠκεανῦ συνεχῶς ἀμπωτισιν ἐλώδη γίνεται.

Tacite s'exprime d'une maniere encore plus forte, " Unum addiderim (dit-il) nufquam latius dominari " mare; multum fluminum huc atque illuc ferri, " nec littore tenus accrefcere aut reforberi, fed in- " fluere penitus atque ambire ; etiam jugis atque " montibus influere velut in fuo."

† Le conful Céthegus deffécha ce marais. A. U. C. 592. Du tems de Jules-Cefar il étoit dérechef inondé. Ce Dictateur avoit deffein d'y faire travailler. Il paroit qu'Augufte le fit, mais je doute que fes travaux aient

tres nous donneroit d'affez minces idées de leurs travaux. Quoi-quil en foit, content d'avoir fourni les matériaux, j'en laiffe l'emploi aux phyficiens. Ce n'eft pas chez les anciens qu'on apprend à n'approfondir rien, à effleurer chaque chofe, à parler avec le plus de hardieffe des fujets qu'on entend le moins.

XLIV. " Après l'efprit de difcernement " ce qu'il y a de plus rare au monde (dit " le judicieux la Bruyere) ce font les perles

aient mieux réuffi que les premiers. Du-moins Pline l'appelle encore marais. Horace l'avoit en quelque forte prédit.

" Debemur morti nos noftraque
" Sterilis ut palus dudum aptaque remis
" Vicinas urbes alit et grave fenfit aratrum."

Frenfheim. fupp. l. xlvi. c. 44. Sueton. l. i. c. 44. Plin. hift. nat. l. iii. c. 5.

" et

Prétenfions à l'efprit philofophique.

" et les diamans." Je mets fans balancer l'efprit philofophique avant celui de difcernement. C'eft la chofe du monde la plus pronée, la plus ignorée et la plus rare. Il n'y a point d'écrivain qui n'y afpire. Il facrifie de bonne grace la fcience. Pour peu que vous le preffiez, il conviendra que le jugement févère embarraffe les opérations du génie : mais il vous affurera toujours que cet efprit philofophique, qui brille dans fes écrits, fait le caractère du fiècle où nous vivons. L'efprit philofophique d'un petit nombre de grands hommes a formé, felon lui, celui du fiècle. Celui-ci s'eft répandu dans tous les ordres de l'état, et leur a préparé, à-fon-tour, de dignes fucceffeurs.

Ce qu'il n'eft pas.

XLV. Cependant fi nous jettions les yeux fur les ouvrages de nos fages, leur diver-

diverſité nous laiſſeroit dans l'incertitude ſur la nature de ce talent ; et celle-ci pourroit nous conduire à douter s'il leur eſt tombé en partage. Chez les uns il conſiſte à ſe frayer des routes nouvelles, et à fronder toute opinion dominante, fut-elle de Socrate ou d'un Inquiſiteur Portugais, par la ſeule raiſon qu'elle eſt dominante. Chez les autres cet eſprit s'identifie avec la géométrie, cette Reine impérieuſe, qui, non contente de regner, proſcrit ſes ſœurs, et déclare tout raiſonnement peu digne de ce nom, qui ne roule pas ſur des lignes et ſur des nombres. Rendons juſtice à l'eſprit hardi, dont les écarts ont quelquefois conduit à la vérité, et dont les excès mêmes, comme les rébellions des peuples, inſpirent une crainte ſalutaire au deſpotiſme. Pénétrons-nous bien de tout ce que nous devons à

G 3   l'eſprit

l'esprit géométre : mais cherchons pour l'esprit philosophique, un objet plus sage que celui-là, et plus universel que celui-ci.

Ce qu'il est. XLVI. Quiconque s'est familiarisé avec les écrits de Ciceron, de Tacite, de Bacon, de Leibnitz, de Bayle, de Fontenelle, de Montesquieu, s'en sera fait une idée aussi juste et bien plus parfaite que celle que j'essaierai de tracer.

L'esprit philosophique consiste à pouvoir remonter aux idées simples ; à saisir et à combiner les premiers principes. Le coup-d'œil de son possesseur est juste mais en même tems étendu. Placé sur une hauteur, il embrasse une grande étendue de païs, dont il se forme une image nette et unique, pendant que des esprits aussi justes, mais plus bornés n'en découvrent qu'une partie.

Il

Il peut être géomètre, antiquaire, mu-
ficien, mais il eſt toujours philoſophe, et
à-force de pénétrer les premiers principes
de ſon art il lui devient ſupérieur. Il a
place parmi ce petit nombre de génies, qui
travaillent de loin-en-loin à former cette
premiere ſcience, à laquelle, ſi elle étoit
perfectionnée, les autres ſeroient ſoumiſes.
En ce ſens cet eſprit eſt bien peu commun.
Il eſt aſſez de génies capables de recevoir
avec juſteſſe des idées particulieres ; il en
eſt peu qui puiſſent renfermer dans une
ſeule idée abſtraite un aſſemblage nom-
breux d'autres idées moins générales.

XLVII. Quelle étude peut former cet Le ſecours
qu'il peut
eſprit ? Je n'en connois aucune. Don du tirer de la
littérature.
ciel, le grand nombre l'ignore ou le mé-
priſe ; les ſages le ſouhaitent ; quelques uns

l'ont

l'ont reçu ; nul ne l'acquiert : mais je crois l'étude de la littérature, cette habitude de devenir, tour-à-tour, Grec, Romain, difciple de Zénon ou d'Epicure, bien propre à le développer et à l'exercer. A-travers cette diverfité infinie d'efprits, on remarque une conformité générale entre ceux, à qui leur fiècle, leur païs, leur religion a infpiré une manière à-peu près pareille d'envifager les mêmes objets. Les ames les plus exemptes de prejugés ne fauroient s'en défaire entierement. Leurs idées ont un air de paradoxe ; et en brifant leurs chaines vous fentez qu'elles les ont portées. Je cherche chez les Grecs des fauteurs de la démocratie ; des enthoufiaftes de l'amour de la patrie chez les Romains ; chez les fujets des Commodes, des Sévères ou des Caracalles des apologiftes du pouvoir

voir abfolu ; et chez l'Epicurien de l'antiquité * la condannation de fa religion.
Quel fpectacle pour un efprit vraiment
philofophique de voir les opinions les plus
abfurdes reçues chez les nations les plus
éclairées ; des barbares parvenus à la connoiffance des plus fublimes vérités ; des
conféquences vraies mais peu juftes tirées des
principes les plus erronés ; des principes
admirables qui approchoient toujours de
la vérité fans jamais y conduire ; le langage formé fur les idées, et les idées
juftifiées par le langage ; les fources de
la morale par-tout les mèmes ; les opinions

---

* Depuis qu'Epicure eut repandu fa doctrine, on
commença à fe déclarer affez publiquement fur la religion dominante et à ne la regarder que comme une
inftitution. V. Lucret. de Rer. Natur. l. i. v. 62, &c.
Saluft. in bell. Catilin. c. 51. Cicero pro Cluent.
c. 61.

de

de la contentieuſe métaphyſique par-tout
variées, d'ordinaire extravagantes ; net-
tes ſeulement pendant qu'elles furent ſuperficielles ; ſubtiles, obſcures, incertaines,
toutes les fois qu'elles prétendirent à la
profondeur. Un ouvrage Iroquois, fut-il
rempli d'abſurdités, ſeroit un morceau im-
payable. Il offriroit une expérience unique
de la nature de l'eſprit humain placé dans
des circonſtances que nous n'avons jamais
éprouvées, et dominé par des mœurs, et des
opinions religieuſes totalement contraires aux
nôtres. Quelquefois nous ſerions frappés
et inſtruits par la contrarieté des idées qui
en naitroient ; nous en chercherions les raiſons ; nous ſuivrions l'ame d'erreur en
erreur. Quelquefois auſſi nous recon-
noîtrions avec plaiſir nos principes, mais
dé-

découverts par d'autres routes, et prefque toujours modifiés et altérés. Nous y apprendrions non feulement à avouer mais a fentir la force des préjugés, à ne nous étonner jamais de ce qui nous paroit le plus abfurde, et à nous défier fouvent de ce qui nous femble le mieux établi.

J'aime à voir les jugemens des hommes prendre une teinture de leurs préventions, à les confidérer qui n'ofent pas tirer des principes qu'ils reconnoiffent pour être juftes les conclufions qu'ils fentent être exactes. J'aime à les furprendre qui déteftent chez le Barbare ce qu'ils admirent chez le Grec, et qui qualifient la même hiftoire d'impie chez le Payen, et de facrée chez le Juif.

Sans

Sans cette connoiſſance philoſophique de
l'antiquité, nous ferions trop d'honneur à
l'eſpèce humaine. L'empire de la coutume
nous feroit peu connu. Nous confondrions
à tout moment l'incroyable et l'abſurde.
Les Romains étoient éclairés ; cependant
ces mêmes Romains ne furent pas choqués
de voir réunir dans la perſonne de Céſar
un Dieu, un Prêtre et un Athée *. Il vit
élever des temples à ſa clémence †. Col-
légue de Romulus il recevoit les vœux de

---

* Athée en niant ſinon l'exiſtence du-moins la
providence de la divinité ; car Céſar étoit Epicurien.
Ceux qui ont envie de voir comment un homme d'eſprit peut rendre obſcure une verité claire, liront avec
plaiſir les doutes que M. Bayle à ſu repandre ſur les
ſentimens de Céſar. V. Dict. de Bayle à l'article
Céſar.

† V. Mémoires de l'Acad. des Bell. Lett. tom. i.
p. 369, &c.

la

la nation ‡. Sa ſtatue étoit couchée, dans les fêtes ſacrées, auprès de ce Jupiter, qu'un inſtant après il alloit lui-même invoquer ‖. Fatigué de cette vaine pompe il cherchoit Panſa et Trébatius pour ſe moquer avec eux de la crédulité du peuple, et de ces Dieux l'effet et l'objet de ſa terreur *.

XLVIII.

‡ Cicero ad Attic. l. xii. epiſt. 46, &c. l. xiii. epiſt. 28.

‖ Céſar étoit ſouverain Pontife, et ce ſacerdoce n'étoit point pour les Empereurs un vain titre. Les belles differtations de M. de la Baſtie ſur le pontificat des Empereurs convaincront les incrédules, s'il en eſt, ſur cet article. Conſultez ſurtout la troiſieme de ces pièces inſérée dans les Mem. de l'Açad. des Belles-Lettres, tom. xv. p. 39.

* Lucrèce né avec cet enthouſiaſme d'imagination, qui fait les grands poëtes et les miſſionnaires, voulut

être

L'histoire est la science des causes et des effets.

XLVIII. L'histoire est pour un esprit philosophique ce qu'étoit le jeu pour le Mar-

être l'un et l'autre. Je plaindrois le théologien qui ne feroit pas grace au dernier en faveur du premier. Lucrèce, après avoir prouvé la Divinité malgré lui-même, en rapportant les phénomènes de la nature à des causes générales, cherche comment l'erreur qu'il combat a pû s'emparer de tous les esprits. Il en trouve trois raisons : I. Nos songes ; nous y voyons des êtres et des effets que nous ne rencontrons point dans ce monde ; nous leur accordons aussitôt une existence réelle et une puissance immense. II. Notre ignorance de la nature, qui nous fait recourir par tout à l'action de la Divinité. III. Notre crainte l'effet de cette ignorance ; elle nous engage à flechir devant les calamités qui ravagent la terre, et nous fait essayer d'appaiser par nos prières quelque être invisible qui nous afflige. Lucrèce exprime cette derniere raison avec une énergie et une rapidité qui nous enlève. Il ne nous accorde point le tems de l'examiner.

" Præ-

Marquis de Dangeau †. Il voyoit un fyftême, des rapports, une fuite, là-où les autres ne difcernoient que les caprices de la
fortune. Cette fcience eft pour lui celle des
caufes et des effets. Elle mérite bien que
j'effaye de pofer quelques règles propres,
non à faire germer le génie, mais à le ga-
rantir des écarts : peut-être que fi on les
avoit toujours bien pefées on auroit pris
plus rarement la fubtilité pour la fineffe d'ef-

" Præterea cui non animus formidine Divûm,
" Contrahitur? cui non conrepunt membra pavore,
" Fulminis horribili cum plaga torrida tellus
" Contremit, et magnum percurrunt murmura cœlum ?
" Non populi, gentefque tremunt ? Regefque fu-
    " perbi
" Conripiunt Divûm perculfi membra timore,
" Ne quod ob admiffum fæde dictumve fuperbe
" Pœnarum grave fit folvendi tempus adactum."
   Lucret. de Rer. Natura l. v. ver. 1216, &c.

† Fonten. dans l'Eloge du Marq. de Dangeau.

         prit,

prit, l'obſcurité pour la profondeur, et un air de paradoxe pour un génie créateur.

Règles pour choiſir les faits. XLIX. Parmi la multitude des faits, il y en a, et c'eſt le grand nombre, qui ne prouvent rien au-delà de leur propre exiſtence. Il y en a encore qui peuvent bien être cités dans une concluſion partiale, d'où le philoſophe peut juger des motifs d'une action, et d'un trait dans un caractère : ils éclairciſſent un chainon. Ceux qui dominent dans le ſyſtême général, qui y ſont liés intimement, et qui en ont fait mouvoir les reſſorts, ſont fort rares ; et il eſt plus rare encore de trouver des eſprits qui ſachent les entrevoir dans le vaſte cahos des évenemens, et les en tirer purs et ſans mélange.

A ceux qui ont plus de jugement que d'érudition il paroitra peu néceſſaire d'avertir

vertir qu'on doit toujours proportioner les caufes aux effets, ne pas bâtir fur l'action d'un homme le caractère d'un fiècle, ne pas chercher dans un effort unique, forcé et ruïneux la mefure des forces et des richeffes d'un Etat, et fe fouvenir que ce n'eft qu'en raffemblant qu'on peut juger, qu'un fait éclatant éblouït comme un éclair, mais qu'il inftruit peu fi l'on ne le compare avec d'autres de la même efpèce. Le peuple Romain fit voir en élifant Caton qu'il aimoit mieux être corrigé que flaté *, dans ce même fiècle, où il condanna la mâle févérité dans la perfonne de Livius Salinator †.

L. Déférez plûtôt aux faits qui viennent d'eux-mêmes vous former un fyftême, *Avantages des petits traits. Différence du vice et de la vertu*

* Liv. l. xxxix. c. 40. Plutarch. in Caton.
† Liv. l. xxix. c. 37.

H   qu'à

qu'à ceux que vous decouvrez après a-
voir conçû ce fyftême. Préférez fouvent
les petits traits aux faits brillans. Il en
eft d'un fiècle ou d'une nation comme d'un
homme. Alexandre fe dévoile mieux
dans la tente de Darius * que dans les
champs de Guagmela. Je reconnois tout
autant la férocité des Romains à les voir
condanner un malheureux dans l'amphitéatre qu'à les confiderer qui étranglent un
Roi captif au pied du Capitole. Il n'y a
point d'apparat dans les bagatelles. On
fe defhabille lors qu'on efpère n'être pas
vû ; mais le curieux cherche à pénétrer
dans les retraites les plus fecretes. Pour
décider fi la vertû triomphoit chez un peuple, dans un certain fiècle, j'obferve plûtôt

* Quint. Curt. de Reb. geft. Alexandri, l. iii.
c. 32.

fes

ſes actions que ſes diſcours. Pour le condanner comme vicieux je fais plus attention à ſes diſcours qu'à ſes actions. On louë la vertu ſans la connoître ; on la connoit ſans la ſentir ; on la ſent ſans la prâtiquer ; mais il en eſt bien différemment du vice. On s'y porte par paſſion : on le juſtifie par rafinement. D'ailleurs, il y a toujours et partout de grands criminels : mais ſi la corruption n'eſt pas générale ceux-ci même reſpectent leur ſiècle. Si le ſiècle eſt vicieux, (et ils ſont habiles à le diſcerner,) ils le mépriſent, ils ſe montrent à découvert, ils bravent ſes jugemens ou ils eſperent de ſe les rendre favorables. Ils ne ſe trompent guères. Celui qui dans le ſiècle de Caton eut déteſté le vice ſe contente d'aimer la vertu dans celui de Tibere.

H 2   LI.

Le fiècle de Tibere le plus vicieux de tous.

LI. J'ai choifi ce fiècle avec réfléxion. Le vice parvint alors à fon comble. La cour de Tibere me l'apprend, mais un petit fait confervé par Suétone et par Tacite m'en affure encore mieux : le voici. La vertu des Romains puniffoit de mort l'incontinence chez leurs femmes *. Leur politique permettoit la débauche chez les courtifannes † : et pour régler le défordre même

---

* Les Romains confioient le foin de la vertu des femmes à leur famille. Celle-ci s'affembloit, la jugeoit fi elle étoit accufée, la condannoit à mort et exécutoit la fentence fi elle fe trouvoit coupable. La loi pardonnoit' auffi au courroux du mari ou du père qui tuoit le galant, furtout s'il étoit de condition fervile. V. Plutarch. in Romul. Dionyf. Halicarn. l. vii. Tacit. Annal. l. xiii. Valer. Maxim. l. vi. c. 3—7: Rofin. Antiq. Rom. l. viii. p. 859, &c.

† Le difcours de Micio dans Terence, la maniere dont Ciceron excufe les debauches de fon client, et l'ex-

même, on les forma en corps. Sous Tibere un grand nombre de femmes de diftinction ne rougirent point de se présenter
publiquement devant leurs Ediles, de se
faire inscrire dans le rôle des courtisannes, et

l'exhortation de Caton peuvent nous faire connoître
la morale des Romains à cet égard. Ils ne blâmoient
la débauche que lorsqu'elle détournoit le citoyen de
ses devoirs essentiels.

Leurs oreilles n'étoient pas plus chastes que leur
conduite : peu de gens connoissent la Casina de Plaute,
mais ceux qui ont lû cette miserable piece ne peuvent
comprendre qu'il n'y ait eu que quarante à cinquante ans de cette farce à l'Andrienne. Une in-
trigue sale d'esclaves n'y est relevée que par des
pointes et des obscénités dignes d'eux. C'étoit cependant la comédie de Plaute qu'on voyoit avec le
plus de plaisir, et qu'on redemandoit le plus souvent.
Voilà les mœurs de la seconde guerre Punique,
de cette vertu que la postérité des anciens Romains
regrettoit et admiroit. V. Terent. Adelph. act i. sc.
2. v. 38. Cicero pro Cœlio, c. 17. Horat. satyr, l. i.
sat. 2. v. 29. II. Prolog. ad Casin. Plaut.

H 3   de

de brifer par leur propre infamie la bar-
rière, que les loix oppofoient à leur profti-
tution *.

Parallèle de
Tacite et de
Tite-Live. LII. Choifir les faits, qui doivent être
les principes de nos raifonnemens ; on fent
combien la tâche eft difficile. La négligence ou le mauvais goût d'un hiftorien
peut nous faire perdre à-jamais un trait
unique pour nous étourdir du bruit d'un
combat. Si les philofophes ne font pas
toujours hiftoriens, il feroit du-moins à
fouhaiter que les hiftoriens fuffent philofophes.

Je ne connois que Tacite qui ait rempli
mon idée de cet hiftorien philofophe.
L'intéreffant Tite-Live lui-même ne fau-

---

* Sueton. l. iii. c. 35: Tacit. Annal. l. ii. c. 85.

roit

roit en ce fens lui être comparé. L'un
et l'autre ont bien fu s'élever au-deffus de
ces compilateurs groffiers qui ne voyent
dans les faits que des faits : mais l'un a
écrit l'hiftoire en rhéteur et l'autre en philofophe. Ce n'eft pas que Tacite ait ig-
noré le langage des paffions ou Tite-Live
celui de la raifon : mais l'un plus attaché
à plaire qu'à inftruire vous conduit pas-à-
pas à la fuite de fes héros, et vous fait
éprouver, tour-à-tour, l'horreur, l'admiration et la pitié. Tacite ne fe fert de
l'empire que l'eloquence a fur le cœur que
pour lier à vos yeux la chaine des évenemens, et remplir votre ame des plus
fages leçons. Je gravis fur les Alpes avec
Hannibal ; mais j'affifte au confeil de Tibere. Tite-Live me peint l'abus du pou-

H 4   voir,

voir, une févérité que la nature approuve en
fremiffant, la vengeance et l'amour qui s'u-
niffent à la liberté, la tyrannie qui tombe
fous leurs coups * : mais les loix des Dé-
cemvirs, leur caractère, leurs défauts, leurs
rapports enfin avec le génie du peuple Romain, avec le parti des Decemvirs, avec leurs
deffeins ambitieux ; il les oublie totalement.
Je ne vois point chez lui comment ces loix
faites pour une république bornée, pauvre,
à demi-fauvage, la bouleverferent lorfque
la force de fon inftitution l'eut portée au
faîte de la grandeur. Je l'aurois trouvé
dans Tacite. J'en juge, non-feulement par
la trempe connue de fon génie, mais encore par ce tableau énergique et varié
qu'il offre des loix, ces enfans de la cor-

* Liv. l. iii. c. 44—60.

ruption.

ruption, de la liberté, de l'équité et de la faction *.

LIII. Ne fuivons point le confeil de cet Remarque fur une idée de M. d'A-lembert. écrivain, qui unit, comme Fontenelle, le favoir et le gout. Je m'oppofe, fans crainte du nom flétriffant d'érudit, à la fentence, par laquelle ce juge éclairé mais fevère ordonne qu'à la fin d'un fiècle on raffemble tous les faits, qu'on en choififfe quelques uns, et qu'on livre le refte aux flammes †. Con-fervons-les tous précieufement. Un Mon-tefquieu démêlera dans les plus chétifs des rapports inconnus au vulgaire. Imitons les botaniftes. Toutes les plantes ne font pas utiles dans la médicine, cependant ils ne ceffent d'en découvrir de nouvelles. Ils

* Tacit. Annal. l. iii. p. 84. edit. Lipf.

† D'Alembert Mélanges de philofophie et de lit-térature, vol. ii. p. 1.

efperent

efpèrent que le génie et les travaux heureux y verront des propriétés jufqu'à-préfent cachées.

LIV. L'incertitude eft pour nous un état forcé. L'efprit borné ne fauroit fe fixer dans cet équilibre dont fe piquoit l'école de Pirrhon. Le génie brillant fe laiffe éblouïr par fes propres conjectures : il facrifie la liberté aux hypothêfes. De cette difpofition naiffent les fyftêmes. On a vû du deffein dans les actions d'un grand homme ; on a apperçû un ton dominant dans fon caractère, et des fpéculatifs de cabinet ont auffitôt voulu faire de tous les hommes des êtres auffi fyftématiques dans la pratique que dans la fpéculation. Ils ont trouvé de l'art dans leurs paffions, de la politique dans leurs foibleffes, de la dif-
fimulation

On a fait les hommes trop fyftématiques ou trop caprici-eux.

simulation dans leur inconstance; en un mot, à-force de vouloir faire honneur à l'esprit humain, ils en ont souvent fait bien peu au cœur.

Justement choqués de leur rafinement, et fachés de voir étendre à tous les hommes des prétentions qu'on eut dû borner à un Philippe ou à un César, des esprits plus naturels se sont jettés dans l'autre extrême. Ils ont banni l'art du monde moral pour y substituer le hazard... Selon eux les foibles mortels n'agissent que par caprice. La fureur d'un écervelé établit un empire : la foiblesse d'une femme le détruit.

LV. L'étude des causes déterminées mais générales doit plaire aux uns et aux autres. Ceux-ci y voient avec plaisir

Causes gé-
nérales mais
détermi-
nées.

l'homme

l'homme humilié, les motifs de ſes actions inconnus à lui-même, lui-même le joüet des cauſes étrangeres, et de la liberté de chacun l'origine d'une néceſſité générale. Ceuxlà y retrouvent l'enchainement qu'ils aiment, et les ſpéculations dont leur eſprit ſe nourrit.

Qu'une vaſte carrière s'ouvre à mes réflexions! La théorie de ces cauſes générales feroit entre les mains d'un Monteſquieu une hiſtoire philoſophique de l'homme. Il nous les feroit voir réglant la grandeur et la chute des Empires, empruntant ſucceſſivement les traits de la fortune, de la prudence, du courage, de la foibleſſe ; agiſſant ſans le concours des cauſes particulières, et quelquefois même triomphant d'elles. Supérieur à l'amour de ſes propres ſyſtêmes, derniere paſſion du ſage, il auroit

roit fû reconnoitre que, malgré l'étendue de ces caufes, leur effet ne laiffe pas d'être borné, et qu'il fe montre principalement dans ces évenemens généraux, dont l'influence lente mais fûre change la face de la terre, fans qu'on puiffe s'appercevoir de l'époque de ce changement, et furtout dans les mœurs, les religions, et tout ce qui eft foumis au joug de l'opinion. Voila une partie des leçons que ce philofophe eut tirées de ce fujet. Pour moi, j'y trouve fimplement une occafion de m'effayer à penfer. Je vais indiquer quelques faits intéreffans, et tâcherai enfuite d'en rendre raifon.

LVI. Nous connoiffons le Paganifme, ce fyftême riant, mais abfurde, qui peuple l'univers d'êtres fantafques, dont la puiffance

Syftéme du Paganifme.

issance supérieure ne les rend que plus injus-
tes et plus insensés que nous-mêmes. Quelle
fut la nature et l'origine de ces Dieux ? Fu-
rent-ils des princes, des fondateurs de sociétés, des grands hommes inventeurs des
arts ? Une reconnoissance ingénieuse, une admiration aveugle, une adulation intéressée
plaça-t-elle dans le ciel, ceux qui pendant
leur vie avoient été nommés les bienfaiteurs de la terre ? Ou bien faut il reconnoitre dans ces Divinités autant de parties
de l'univers, auxquelles l'ignorance des
premiers hommes avoit accordé la vie et
la pensée ? Cette question est digne de
notre attention : elle est curieuse, mais elle
est difficile.

**Difficulté
de connoi-
tre une re-
ligion.**
LVI. Nous ne connoissons guère le sys-
tème du Paganisme que par les poetes,

tes *, et par les pères de l'Eglise ; les uns et les autres très adonnés aux fictions †. Les ennemis d'une religion ne la connoiffent jamais parcequ'ils la haiffent, et fouvent la haiffent parcequ'ils ne la connoiffent pas. Ils adoptent contr'elle, avec empreffement, les calomnies les plus atroçes. Ils imputent à leurs adverfaires des dogmes qu'ils déteftent, et des conféquences auxquelles ils n'ont jamais fongé. Les fectateurs d'une religion, de l'autre coté, remplis de cette foi, qui fe fait un crime de

---

* Il faut cependant diftinguer Homère, Héfiode, Pindare, et les poetes tragiques, qui vécurent pendant que la tradition étoit plus pure.

† Voyez fur cet article la Recherche libre du Docteur Midleton, et l'Hiftoire du Manichéifme de M. de Beaufobre, deux beaux monumens d'un fiècle éclairé.

douter,

douter, facrifient fouvent pour fa défenfe leur raifon, et même leur vertu. Forger des prophécies, ou des miracles, pallier ce qu'ils ne peuvent défendre, allégorifer ce qu'ils ne peuvent pallier, et nier hardiment ce qu'ils ne peuvent allégorifer, font des moyens, que jamais dévot n'a rougi d'employer. Rappellons-nous les Chrétiens et les Juifs. Interrogez leurs ennemis fur leur compte ; c'étoient des magiciens et des idolatres *, eux, dont le culte étoit auffi épuré, que leurs mœurs étoient févères. Jamais Mufulman n'a

---

* Tacit. Hift. I. v. Fleury. Hift. Ecclef. tom i. p. 369. et tom ii. p. 5. et les Apologies de Juftin Martyr, et de Tertullien, qui y font citées.

héfité

héfité fur l'unité de Dieu *. Cependant combien de fois nos bons ayeux ne les ont-t-ils pas accufés d'adorer les aftres † ? Dans le fein même de ces religions, il s'eft élevé cent fectes différentes, qui, s'accufant les unes les autres d'avoir corrompu leurs dogmes communs, ont infpiré la fureur aux peuples et la modération aux fages. Cependant ces peuples étoient civilifés, et des livres reconnus pour être émanés de la Divinité fixoient les principes de leur croyance. Mais où trouver ces principes, dans un amas confus de fables, qu'une tradition ifolée, contradictoire, altérée,

* D'Herbelot. Bibliot. Orient. Artic. Allah. p. 100, et Sale's Alcoran. Prelim. Difc. p. 71.

† Reland. de Rel. Mahomm. part ii. c. 6. & 7.

I   dictoit

dictoit à quelques tribus de fauvages dans la Grèce?

Le raifonne-
ment nous
aidera peu.

LVII. Le raifonnement nous eft ici d'un foible fecours. Il eft abfurde de confacrer des temples à ceux dont on voit les fépulcres. Qu'y a-t-il de trop abfurde pour les hommes? Ne connoit-on pas des nations très éclairées, qui en appellent au témoignage des fens pour les preuves d'une religion, dont un dogme principal contredit ce témoignage? Cependant fi les Dieux du Paganifme avoient été des hommes, le culte réciproque *, que leurs adorateurs leur rendoient eut été bien peu raifonnable, et une tolérance peu raifonnable n'eft pas l'erreur du peuple.

Penfée fur
le culte re-
ciproque
des fectes
Payennes.

* V. Warburton's Divine Legation, tom. i. p. 270—276.

LVIII.

LVIII. Créfus fait confulter l'oracle de Delphes *, Alexandre traverfe les fables brulans de la Lybie pour demander à Jupiter Ammon s'il eft fon fils †. Mais ce Jupiter Grec, ce roi de Crète, devenu le maitre de la foudre, n'en eut-il pas écrafé cet Ammon, ce Lybien, ce nouveau Salmonée, qui tentoit de la lui arracher ? Deux rivaux fe difputent l'empire de l'univers, peut-on à la fois les reconnoitre tous deux ! Mais fi l'un et l'autre ne furent que l'Ether, le Ciel, la même Divité, le Grec et l'Africain l'auront défignée par les fymboles, qui convenoient à leurs mœurs, et par les noms, que leurs

Créfus envoye à Delphes.

Alexandre confulte l'oracle de Jupiter Ammon.

* Herodot. l. i.

† Diodor. Sic. l. xvii. Quint. Curt. l. iv. c. 7. Arrian. l. iii.

I 2

lan-

langues leur fournissoient pour exprimer
ses attributs. Mais loin de nous les rai-
sonnemens, ce sont les faits qu'il faut inter-
roger. Ecoutons leur réponse.

La religion
Grecque
étoit d'ori-
gine Egyp-
tienne.

LIX. Malheureux habitans des forets,
ces Grecs si orgeilleux tenoient tout des
étrangers. Les Phéniciens leur apprirent
l'usage des lettres ; les arts, les loix, tout
ce qui élève l'homme au dessus des animaux,
ils le durent aux Egyptiens. Ces derniers
leur apportèrent leur religion, et les Grecs,
en l'adoptant, payerent le tribut que l'ignorance doit au savoir. Le préjugé ne
fit qu'une résistance de bienseance, et se
rendit sans difficulté, après avoir entendu
l'oracle de Dodone, qui décida pour le
nouveau culte*. Tel est le récit d'Hé-

* Herodot. l. ii.

rodote,

rodote, qui connoiſſoit la Grèce et l'Egypte, et dont le ſiècle placé entre la groſſié-
reté de l'ignorance et les rafinemens de la
philoſophie rend le témoignage déciſif.

LX. Je vois déjà diſparoitre une bonne La religion
partie des légendes Grecques, l'Apollon allégorique.
né dans l'iſle de Délos, le Jupiter enſéveli
dans la Crète. Si ces Dieux habiterent
autrefois la terre, l'Egypte et non la
Grèce fut leur patrie. Mais ſi les prêtres
de Memphis furent auſſi bien leur religion que l'Abbé Banier †, jamais l'Egypte
ne donna naiſſance à leurs Dieux. A
travers leur métaphyſique ténébreuſe, la
raiſon luiſit aſſez pour leur faire ſentir
que jamais homme ne peut devenir Dieu,

† Dans ſa Mythologie expliquée par l'hiſtoire.

I 3   ni

ni jamais Dieu être transformé en simple homme *. Myſtérieux dans leurs dogmes et dans leur culte, ces interprètes du Ciel et de la ſageſſe déguisèrent, par un langage pompeux, les vérités de la nature, qu'un peuple groſſier eut mépriſées dans leur majeſtueuſe ſimplicité. Les Grecs méconnurent cette religion à bien des égards. Ils l'altérerent par des mélanges étrangers, mais le fonds demeura, et ce fonds Égyptien fut par conſéquent allégorique †.

LXI.

* Herodot. l. ii.

† Je dois beaucoup, dans ces recherches, au ſavant Freret de l'Académie des Belles-lettres. Il a donné des ouvertures dans une route, qui paroiſſoit vue de tous cotés. Je crois cependant que ſes raiſonnemens valent mieux, lorſqu'il eſt queſtion de faits que quand il s'agit de dogmes. Prévenu d'eſtime pour ce litterateur, je dévorai avidement ſa réponſe à
la

LXI. Le culte héroique, si bien diftingué de celui des Dieux dans les pré-
miers siècles de la Grèce, nous montre que
les Dieux n'étoient pas des Héros *. Les

la chronologie Newtonienne ; mais oserai je le dire ?
il ne répondit point à mon attente. Que lui reste-t'il
de nouveau, si vous lui otez les principes d'une théo-
logie et d'une chronologie nouvelles, que nous pos-
sédions déja (1), des généalogies défectueuses et très
peu concluantes, quelques recherches minutieuses,
sur la chronologie de Sparte, une astronomie ancienne, que je n'entends pas trop bien, et la belle
préface de M. de Bougainville, que je relis toujours
avec un gout nouveau ?

* Hist. de l'Acad. des Belles-Lettres, tom. xvi.
p. 28, &c.

---

(1) Dans les Mem. de l'Acad. tom. v. xviii. xx.
xxiii.

An-

Anciens croyoient, que les grands hommes, admis après leur mort aux feftins
des Dieux, jouiffoient de leur félicité,
fans participer à leur puiffance. Ils s'af-
fembloient autour des tombeaux de leurs
bienfaiteurs ; leurs chants de louanges †
célébroient leur mémoire, et faifoient naitre une émulation falutaire de leurs vertus.
Leurs ombres évoquées des enfers gou-
toient avec plaifir les offrandes de la dévotion ‡. Il eft vrai que cette dévotion
devint infenfiblement un culte religieux,
mais ce ne fut que très tard, et lorfqu'on
identifia ces Héros avec des Divinités anciennes, dont ils portoient le nom, ou

---

† V. Mem. de Litter. tom. xii. p. 5. &c. et Ezech.
Spanheim in Callim.

‡ Homer. Odyff. l. xi.

rap-

rappelloient le caractère. Dans le fiècle d'Homère, on les diftinguoit encore. Hercule n'eft point un de fes Dieux. Il ne reconnoit Efculape que pour un médecin diftingué *, et Caftor et Pollux font pour lui des guerriers morts, et enterrés a Sparte †.

LXII. La fuperftition avoit cependant franchi ces limites, les Héros étoient devenus des Dieux, et le culte qu'on rendoit aux Dieux les avoit tirés du rang des hommes ; lorfqu'un philofophe hardi entreprit de prouver qu'ils l'avoient été. Ephémère le Meffénien avança ce para-

Syfteme d'Ephémere.

* Homer. Iliad. l. iv. v. 193.

† Id. l. v. v. 241.

doxe.

doxe *. Mais loin d'en appeller aux monumens authentiques de la Grece et de l'Egypte, qui auroient du conferver la mémoire de ces hommes célèbres; il va fe perdre dans l'ocean. Une Utopie méprifée de tous les anciens, une ifle de Panchaïe, riche, fertile, fuperftitieufe, et connue à lui feul, lui offre dans un temple magnifique de Jupiter une colonne d'or, où Mercure avoit gravé les exploits et l'apothéofe des héros de fa

* Lactant. Inftit. l. i. c. xi. p. 62.

Antiquus auctor Ephemerus, qui fuit è civitate Meffaná, res geftas Jovis et cæterorum qui Dii putantur collegit, hiftoriamque contexit ex titulis et infcriptionibus facris, quæ in antiquiffimis templis habebantur, maximéque in fano Jovis Triphyllii, ubi auream columnam pofitam effe ab ipfo Jove, titulus indicabat, in quâ columnâ gefta fua perfcripfit ut monimentum effet pofteris rerum fuarum. Ce récit de Lactance diffère un peu de celui de Diodore.

race.

race *. Ces fables étoient trop grof-
fières pour les Grecs eux-mêmes. Elles
ne valurent à leur auteur que le mépris
général avec le nom d'Athée ‡.

* Diodore de Sicile, l. v. l. 29, 30. et l. vi.

Il y a fur Ephémere une differtation de M.
Fourmont l'ainé, qui contient des conjectures très
hardies, et des emportemens fort plaifans (1). Il
fied mal à un jeune homme de méprifer quoi que
ce foit, mais je ne faurois réfuter cette piece féri-
eufement. Celui qui ne voit pas que la Panchaïe
décrite dans Diodore de Sicile étoit fituée au midi
de la Gédrofie, et à l'occident peu éloignée
de la péninfule des Indes, peut croire avec M.
Fourmont que le Golfe Arabique eft au midi de
l'Arabie heureufe, que le païs de Phank fur le continent eft l'ifle de Panchaïe, que le défert de Pharan
eft le plus beau lieu du monde, et que la ville de
Pierie en Syrie eft la capitale d'un petit canton aux
environs de Medine.

‡ Callim. ap. Plut. tom. ii. p. 880. Eratofth. et
Polyb. ap. Strab. Geog. l. ii. p. 102, 103. et l. vii.
p. 299. Edit. Cafaub.

(1) Mem. de Litter. tom. xv. p. 265, &c.

LXIII.

LXIII. Enhardis, peut être par son exemple, les Crétois se vantèrent de posséder le tombeau de Jupiter, qui étoit mort dans leur isle, après y avoir longtems régné *. Callimaque se montre indigné de cette fiction, et son scholiaste nous en dévoile l'origine †. On avoit écrit sur un tombeau, *Tombeau de Minos fils de Jupiter.* Le tems ou le dessein fit disparoitre les mots de fils et de Minos ; on lut *Tombeau de Jupiter* ‡. Ce-

---

* Lactant. Instit. l. i. c. xi. p. 65. Lucian Timon, p. 34. et Jupit. Frag. p 701. Cicer. de Nat. Deor. l. iii. c. 21.

† Callimach. Hym. in Jovem. v. 8. et Scholiast. Vet. in loc. Edit. Græc.

‡ Tel est le récit du scholiaste adopté par le Chevalier Newton. Mais Lactance rapporte l'inscrip-

tion

Cependant le fyftème d'Ephémere s'ac-
créditoit lentement malgré fes preuves.
Diodore de Sicile parcourut la terre, pour
raffembler dans les traditions des divers
peuples de quoi l'appuyer *. Mais les
Stoïciens, dans leur mélange bizarre du
Théïfme le plus pur, du Spinofifme, et
de l'idolatrie populaire, rapportoient ce
paganifme, dont ils étoient les zélateurs
au culte de la nature brifée en autant de
Dieux qu'elle a de faces différentes. Ciceron cet académicien, pour qui tout étoit

tion ZAN XPONOY, ce qui m'a l'air bien plus antique.
Lucien, car les fables vont toujours en augmentant,
nous apprend, que l'infcription portoit que Jupiter
ne tonnoit plus, qu'il avoit fubi le fort des mortels,
δηλωσαν ως ʊϰϵτι βροντησϵιϵν αν ὁ Ζϵυς, τϵθνϵως πάλαι.

* Diodore de Sicile dans les cinq premiers livres,
paffim.

ob-

objection et rien n'étoit preuve, ofe à peine leur oppofer le fyftème d'Ephémère *.

Ne pravalût que fous l'empire Romain.

LXIV. Ce ne fut que fous l'empire Romain, que les idées du Meffénien prirent le deffus. Dans le tems qu'un monde efclave décernoit le titre de Dieux à des monftres indignes de celui d'hommes, c'étoit faire fa cour que de confondre Jupiter et Domitien. Bienfaiteurs de la terre, ainfi les appelloit l'adulation, leur droit à la Divinité étoit le même : leur nature, et leur puiffance étoient égales. Par politique ou par méprife, Pline lui-même ne fe garantit pas de cette erreur †.

* Cicer. de Nat. Deor. l. iii. c. 21.

† Plin. Hift. Natur. l. vii. c. 51. et paff.

En

En vain Plutarque essaya-t-il de reven-
diquer la foi de ses ayeux *. Ephémère
regna par tout ; et les pères de l'Eglise,
se servant de leurs avantages, attaquèrent
le paganisme du coté le plus foible. Pourroit-on les blâmer ? Si les Dieux préten-
dus ne fûrent pas en effet des hommes
déifiés, ils l'étoient devenus, du moins dans
l'opinion de leurs adorateurs ; et les pères
n'en vouloient qu'à leurs opinions.

LXV. Allons plus loin ; tâchons de Enchainement des
suivre l'enchainement non des faits, mais erreurs.
des idées, de fonder le cœur humain, et
de démêler ce fil d'erreurs, qui du sentiment vrai, simple, et universel qu'il y a
une puissance au dessus de l'homme, le

* Plut. de placit. Philosoph. de Isid. et Osirid.

con-

conduifit par degrés à fe faire des Dieux, auxquels il eut rougi de reffembler.

Sentimens confus du Sauvage. Le fentiment n'eft qu'un retour fur nous-mêmes. Les idées fe rapportent aux objets hors de nous. Leur nombre, en occupant l'efprit, affoiblit le fentiment. C'eft donc parmi les fauvages, dont les idées font bornées aux befoins, et les befoins fimplement ceux de la nature, que le fentiment doit être le plus vif, quoiqu'en même tems le plus confus. Le fauvage reffent à tout moment des agitations, qu'il ne peut ni expliquer ni reprimer. Ignorant et foible, il craint tout, parcequ'il ne peut fe défendre de rien. Il admire tout parcequ'il ne connoit rien. Le mépris bien fondé de lui-même, car la vanité eft un ouvrage de la fociété, lui fait fentir l'ex-

l'exiſtence d'une puiſſance ſupérieure.
C'eſt cette puiſſance, dont il ignore les
attributs, qu'il invoque, et dont il demande des graces, ſans ſavoir à quel titre
il en peut eſpérer. Ce ſentiment peu dif-
tinct produiſit les Dieux bons des premiers
Grecs, et les Divinités de la plûpart des
ſauvages, et les uns et les autres n'en furent regler ni le nombre, ni le caractère,
ni le culte.

LXVI. Bientôt le ſentiment devint idée. Il adore tout ce qu'il voit,
Le ſauvage rendit ſon hommage à tout ce
qui l'entouroit. Tout devoit lui paroitre
plus excellent que lui-même. Ce chêne ma-
jeſtueux, qui le couvroit de ſon feuillage
épais, avoit ombragé ſes ayeux, depuis l'o-
rigine de ſa race. Il élevoit ſa tête juſ- pourquoi ?
qu'aux nues ; le fier Aquilon ſe perdoit

K à

à travers ſes branches. Auprès de cet arbre altier qu'étoit ſa durée ? ſa taille ? ſa
force ? La reconnoiſſance ſe joignit à l'admiration. Cet arbre, qui lui prodiguoit
ſes glands, cette onde claire où il ſe de-
ſalteroit, étoient des bienfaiteurs, qui rendoient ſa vie heureuſe ; ſans eux il ne pouvoit ſubſiſter, mais quel beſoin avoient-ils
de lui ? En effet ſans les lumières, qui
nous apprennent, combien la raiſon ſeule
eſt ſupérieure à toutes ces parties neceſſaires
d'un ſyſtême intelligent, chacune d'elles
eſt au deſſus de l'homme. Mais privé de
ces lumières, le ſauvage leur accorda à
chacune la vie et la puiſſance. Il ſe proſ-
terna devant ſon ouvrage.

Ses idées ſont uniques. LXVII. Les idées du ſauvage ſont
uniques parcequ'elles ſont ſimples. Re-
marquer

marquer les qualités différentes des objets, obferver celles qui leur font communes, et de cette reffemblance former une idée abftraite, qui repréfente le genre, fans être l'image d'aucun objet particulier ; font les ouvrages de l'efprit, qui agit, qui fe replie fur lui-même, et qui déja furchargé d'idées, cherche à fe foulager par la méthode. Dans le premier état, l'ame paffive et ignorant fes forces ne fait que recevoir les impreffions étrangères : ces impreffions ne lui rendent les objets qu'ifolés, et comme ils font en eux-mêmes ? Le fauvage rencontroit fes Dieux par tout, châque forèt, châque prairie en fourmilloit.

LXVIII. L'expérience dévelopa fes idées, car les nations, comme les hommes, doivent tout à l'expérience. Son efprit

Il combine fes idées et multiplie fes Dieux.

fa-

familiarifé avèc un grand nombre d'objets
étrangers s'apperçut de leur nature commune, et cette nature devint pour lui une
nouvelle Divinité fupérieure à tous fes
Dieux particuliers. Mais chaque chofe
qui exifte a fon exiftence déterminée à un
tems ou à un lieu ; et c'eft ce qui la diftingue de toute autre chofe. L'homme a
du fe conduire différemment à l'egard de
ces deux manières d'exifter, l'une fenfible
et devant fes yeux, l'autre paffagère, mé-
taphyfique, et qui n'eft peut-être que la
fucceffion des idées. La nature commune, differentiée uniquement par le tems,
a du faire difparoitre les natures particulières, pendant que celles qui font diftin-
guées par les lieux ont pu fubfifter comme
parties de la nature commune. Le Dieu
des rivières n'a point attenté fur les droits
du

du Tibre où du Clitumne *, mais le vent du Sud qui fouffloit hier, et celui que nous reffentons aujourd'hui, ne font l'un et l'autre que ce Tyran furieux, qui foulève les flots de la mer Adriatique †.

LXIX. Plus on s'exerce à penfer, plus on fait de combinaifons. Deux genres font différens à quelques égards, ils fe reffemblent à d'autres : ils font deftinés au même ufage, ils font partie du même élément. La fontaine devient rivière, la rivière fe pèrd dans la mer. Cette mer fait partie du vafte océan, qui embraffe toute

Suite de fes combinaifons.

---

* Hift. de l'Acad. des Belles Lettres, tom. xii. p. 36. Plin. Epift. L. viii. Epift. 8.

† Hor. Carm. L. iii. Od. 3.

———————Neque Aufter
Dux inquieti turbidus Adriæ.

K 3

l'etenl'étendue de la terre, et la terre elle-même renferme, dans son sein, tout ce qui subsiste, par un principe de végétation. A mesure que les nations se sont éclairées, leur idolatrie a dû se rafiner. Elles ont mieux senti combien l'univers est gouverné par des loix générales; elles se sont plus rapprochées de l'unité d'une cause efficiente. Jamais les Grecs n'ont sû simplifier leurs idées au dela de l'eau, de la terre, et du ciel, qui, sous les noms de Jupiter, de Neptune et de Pluton, contenoient et régissoient toutes choses. Mais les Egyptiens, d'un génie plus propre aux spéculations abstraites, formerent enfin leur Osiris * le premier des Dieux, le principe in-

* Remarquez que cet Osiris et sa sœur étoient les plus jeunes des Dieux. Il avoit fallu aux E- gyptiens,

intelligent, qui agiſſoit ſans ceſſe ſur le principe matériel, connu ſous le nom d'Iſis ſa femme et ſa ſœur. Des gens, qui croyoient à l'eternité de la matière, ne pouvoient guère aller plus loin *.

LXX. Jupiter, le Dieu de la mer et le noir Pluton étoient frères. Toutes les branches de leur poſtérité s'étendoient

Génération et Hierarchie des Dieux.

gyptiens, un grand nombre de ſiècles, pour parvenir à cette ſimplicité (1).

* Le culte du ſoleil a été connu à tous les peuples. Je dirai ce qui m'en paroit la raiſon. C'eſt peut-être le ſeul objet de l'univers à la fois ſenſible et unique. Senſible à tous les peuples, de la maniere la plus brillante et la plus bienfaiſante, il enlevoit leurs hommages. Unique et indiviſible, les raiſonneurs qui n'étoient pas trop difficiles trouvoient en lui tous les grands traits de la Divinité.

_____

(1) Diodore de Sicile, l. i. c. 8.

K 4

à

à l'infini, et renfermoient toute la nature.
Telle étoit la Mythologie des Anciens.
Pour des hommes groffiers, l'idée de génération étoit plus naturelle que celle de
création. Elle étoit plus aifée à faifir ; elle
fuppofoit moins de puiffance ; on y étoit
conduit par des liaifons fenfibles. Mais
auffi cette génération les menoit à établir
une hiérarchie, dont ces êtres libres mais
bornés ne pouvoient pas fe paffer. Les
trois grands Dieux exercoient une puiffance paternelle fur leurs enfans, habitans
de la terre, des airs, et des mers ; et la
primogéniture de Jupiter lui donnoit une
fupériorité fur fes frères, qui lui mérita le
titre de Roi des Dieux, et de Père des
hommes. Mais ce Roi, ce père fupreme,
étoit trop borné à tous egards, pour nous
per-

permettre de faire honneur aux Grecs de la croyance d'un être suprème.

LXXI. Ce fyftème, tout mal conftruit Dieux de la vie hu-maine. qu'il étoit, rendoit raifon de tous les effets de la nature. Mais le monde moral, l'homme, fon fort, et fes actions étoient fans Divinités. L'éther ou la terre y eut été peu propre. Du befoin de nouveaux Dieux naquit une nouvelle chaine d'erreurs, qui, s'uniffant avec la premiere, ne forma qu'un même Roman théologique. Je foupçonne que ce fyfteme naquit plus tard. L'homme ne fonge guère à rentrer en lui-même, qu'après avoir epuifé les objets étrangers.

LXXII. Deux hypothèfes ont toujours Syftèmes de la liberté et de la nécef-fité. été, et feront toujours. Dans l'une, l'homme n'a reçu du Créateur que la raifon et

la

(138)

la volonté. C'eft à lui à décider de l'ufage qu'il en fera et à regler fes actions à fon gré. Dans l'autre, il ne peut agir que fuivant les loix préétablies de la Divinité, dont il n'eft que l'inftrument. Le fentiment le trompe, et lorfqu'il croit fuivre fa volonté, il ne fuit en effet que celle de fon Maitre. Ces dernières idées ont pu naitre dans l'efprit d'un peuple à peine forti de l'enfance. Peu fait aux refforts com-

Les anciens fuivirent le dernier.

pliqués de la machine, les grandes vertus, les crimes atroces, les inventions utiles de ce petit nombre d'ames fingulières, qui ne doivent rien à leur fiècle, lui parurent furpaffer les forces humaines. Il vit partout des Dieux agiffans, qui infpiroient le vice ou la vertu aux foibles mortels, incapables de fe fouftraire à leurs volon-

4

tés

tés *. Ce n'eft pas la prudence qui infpire à Pandare le deffein de rompre la trève, et de décocher un trait au cœur de Ménelas. C'eft Minerve qui le pouffe à cet attentát †. La malheureufe Phèdre n'eft point coupable. Venus, outrée des mépris d'Hippolite, allume dans le cœur de cette Reine une flamme inceftueufe, qui la précipite au crime et à la mort ‡. Un Dieu fe chargea

---

* Je ne fuis pas trop content de cet endroit. Je donne la meilleure raifon que j'ai pu trouver, mais il me femble que dans ces premiers fiècles, on eut du être guidé par le fentiment, et le fentiment eft tout entier du coté de la liberté.

† Homer. Iliad. l. iv. v. 93, &c.

‡ Αλλ' ετι ταυτη τον δ' εϱωτα χϱη ϖεσειν.
  Δειξω δε Θησει ϖϱαγμα, κακφανσεται.
  Και τον μεν ημιν ϖολεμιον ϖεφυκοτα
  Κτενει ϖατηϱ αϱαισι, ...
  Η δ' ευκλεης μεν, αλλ' ομως αϖολυται
  Φαιδϱα——————— (1).

---

(1) Euripid. Hippol. act 1. v. 40.

de

de chaque évenement de la vie, de chaque paſſion de l'ame, et de chaque ordre de la ſociété.

LXXIII. Mais ces Dieux de l'homme, ces paſſions et ces facultés généraliſées, et perſonifiées de cette manière n'avoient qu'une exiſtence métaphyſique et trop peu ſenſible pour les hommes. Il falloit les fondre avec les Dieux de la nature, et c'eſt ici que l'allégorie imagina mille rapports fantaſques, car l'eſprit veut au moins une apparence de vérité. Il étoit naturel que le Dieu de la mer le fut des matelots. L'expreſſion figurée de cet œil, qui voit tout, de ces rayons, qui percent les airs, pouvoit aiſément faire du ſoleil, un habile prophète, et un archer adroit. Mais pourquoi la planète Venus eſt-elle mére des amours?

pour-

pourquoi s'élève-t-elle de l'écume des flots ?
Laiffons ces énigmes aux devins. Auffi
tôt que les départements des Dieux de la
nature humaine furent établis, ils durent
enlever tout le culte des hommes. Ils
parloient au cœur et aux paffions, au lieu
que les Dieux phyfiques, qui n'avoient
point acquis d'attributs moraux, rentre-
rent infenfiblement dans le mépris et dans
l'oubli. Auffi n'eft-ce que dans l'antiquité la plus reculée que je vois fumer les
autels de Saturne *.

LXXIV. Les Dieux s'intéreffent donc
dans les affaires humaines. Il ne fe paffe
rien dont ils ne foient les auteurs. Mais
font-ils les auteurs du crime ? Cette con-
féquence nous effraye : un payen n'héfi-

Les Dieux ont des paffions humaines.

* J'entens chez les Grecs ; fon culte fe conferva
longtems en Italie.

toit

toit point à l'admettre, et ne pouvoit en
effet héfiter. Les Dieux infpiroient fouvent des deffeins vicieux. Pour les fug-
gérer, il falloit les vouloir, et même les
aimer. Il ne leur reftoit pas la reffource
d'un petit mal permis dans le meilleur des
mondes poffibles *. Ce mal n'étoit pas
feulement permis, il étoit autorifé, et
d'ailleurs les différentes Divinités, bor-
néesà leurs départemens particuliers, étoient
très indifférentes a un bien genéral, qu'elles
ne connoiffoient point. Chacune fuivoit
fon caractère, et n'infpiroit que les paffions
qu'elle reffentoit. Le Dieu de la guerre
étoit fier, brutal, et fanguinaire; la Déeffe de la prudence, fage, retenue peu fin-
cère; la mère des amours aimable, vo-

* Fontenelle dans l'Eloge de M. de Leibnitz.

lup-

luptueufe, emportée dans fes caprices; la rufe et la foupleffe convenóient au Dieu des marchands; et les cris des malheureux flatoient l'oreille du Tyran foupçonneux des morts, du noir Monarque des enfers.

LXXV. Un Dieu père des hommes l'eft de tous également. Il ne connoit ni la haine, ni la faveur. Mais les Divinités partiales doivent avoir des favoris. Ne diftingueront-elles pas ceux dont le gout eft conforme au leur ? Mars ne peut qu'aimer ces Thraces, dont la guerre eft l'unique occupation *, et ces Scythes dont la boiffon la plus délicieufe eft le fang de leurs ennemis †. Les mœurs d'un habi-

Ils ont des préférences.

---

* Herodot. l. v. c. 4, 5. Meziriac. Comm. fur les Epitr. d'Ovide, tom. i. p. 162.

† Herodot. l. iv. c. 64, 65.

tant

tant de Cypre * ou de Corinthe, lieux, où tout refpiroit le luxe et la moleffe, devoient plaire à la Déeffe des amours. La reconnoiffance fe joignoit au gout. Des fentimens de préférence étoient dus à des peuples, dont les mœurs n'étoient qu'un culte détourné de leurs Dieux tutélaires. Le culte même qu'on leur rendoit fe rapportoit toujours à leur caractère. Ces victimes humaines, qui expiroient fur l'au-

---

* M. de Vaugelas m'apprend que lorfqu'il s'agit de l'antiquité il faut toujours dire Cypre, quoique le nom moderne foit Chypre (1). Je vois que M. M. de Fenelon (2) et de Vertot (3) ont fait cette diftinction.

---

(1) Rem. de M. de Vaugelas fur la langue Françoife, tom. i. p. 102, 103. (2) Dans le Telemaque. (3) Dans fon Hift. de Malthe.

tel

tel de Mars *, ces mille courtisanes qui se dévouoient au temple de Venus †, toutes ces femmes distinguées de Babylone qui lui immoloient leur pudeur ‡, ne pou-

voient

* Herod. l. v. c. 4, 5. Minuc. Fœl. Octav. c. 25. p. 258. Luc. Pharf. l. i. Lactant. l. i. c. 25.

† Strab. Geog. l. viii. p. 378.

‡ Herod. l. i. c. 199.

Elles étoient tenues à se prostituer une fois de leur vie au premier venu, dans le temple de Venus. M. de Voltaire, qui leur impose cette obligation une fois tous les ans, la traite de fable insensée (1). Cependant Hérodote avoit voyagé sur les lieux, et M. de Voltaire a trop lû l'histoire, pour ignorer combien de triomphes pareils la superstition a remportés sur l'humanité et sur la vertu. Que pense t-il d'un acte de foi? Je préviens sa reponse. Au reste j'ignorois

L

que

(1) Oeuvres de Voltaire, tom. vi. p. 24.

voient qu'attirer à ces divers peuples, la
faveur la plus diftinguée de leurs protec-
teurs. Mais comme les intérêts des nations ne font pas moins oppofés que leurs
mœurs, il falloit que les Dieux adoptaf-
fent les quérelles de leurs adorateurs.
" Quoi! voir avec patience que cette ville
" qui m'élève cent temples fuccombe
" fous le fer d'un conquerant ? Ah!
" plûtôt!...." C'eft ainfi que chez les

que Babylone fût la ville de l'univers la mieux policée.
Quinte Curce la dépeint comme-la-plus licencieufe;
Bérofe le Babylonien fe plaint lui même que fes concitoyens, franchiffant toutes les barrières de la pudeur, vivoient à la maniere des bètes, et le fcholiafte
de Juvenal nous fait fentir que de fon tems ils n'a-
voient point degénerés (2).

_____

(2) Quint. Cùrt. Geft. Alex. l. v. c. 1. et Comment. Frenfheim. in loc.

Grécs,

Grecs, une guerre parmi les hommes en allumoit une parmi les Dieux. Troye bouleverfa le Ciel. Le Scamandre vit briller l'Egide de Minerve, il fut témoin de Leurs querelles. l'effet des fleches forties du carquois d'Apollon, il fentit le redoutable trident de Neptune, qui foulevoit la terre fur fes fondemens. Quelquefois les arrêts inévitables du Deftin rétabliffoient la paix *. Mais le plus fouvent les divers Dieux convenoient mutuellement de s'abandonner reciproquement leurs ennemis † ; car fur l'Olympe, eomme fur la terre, la haine a toujours été plus puiffante que l'amitié.

* Mythol. de Banier, tom. ii. p. 487. Ovid. Metam. l. xv.

† Eurip. Hippolit. act v. ver. 1327. et Ovid Metam. paffim.

LXXVI.

Ils ont la fi-
gure hu-
maine.

LXXVI. Un culte épuré eût été peu assorti à de telles Divinités. Les peuples veulent des objets sensibles ; une figure qui décore leurs temples, et fixe leurs idées. Il falloit assurément la plus belle de toutes les figures. Mais quelle est cette figure ? Demandez le aux hommes, c'est sans doute là leur. Peut-être un taureau repondroit-il un peu différemment*. La sculpture se perfectionne pour servir à la dévotion, et les temples se remplissent de statues de vieillards, de jeunes gens, de femmes, et d'enfans, suivant les attributs différens de chacun des Dieux.

LXXVII. La beauté n'est peut-être fondée que sur l'usage. La figure hu-

* Cic. de Nat. Deor. l. i. c. 27, 28.

maine

maine n'eſt belle que parcequ'elle ſe rapporte ſi bien aux uſages, auxquels elle eſt
deſtinée.   La figure Divine eſt la même ; il faut que ſes uſages le ſoient auſſi, et même ſes défauts.   De là cette génération groſſière des Dieux, qui ne compo-
ſent plus qu'une famille à la manière des
hommes ; de là leurs fêtes de Nectar et
d'Ambroſie, et la nourriture qu'ils reçoivent dans les ſacrifices *.   De là encore
leur ſommeil †, et leurs douleurs ‡.   Des
Dieux, devenus des hommes très puiſſans, devoient ſouvent viſiter la terre, ha-
biter dans les temples, ſe plaire aux amuſe-

Ils éprou-
vent les
plaiſirs et les
maux cor-
porels.

---

* V. les Céſars de Julien par M. Spanheim, p. 257,
258. Rem. 876. les Oiſeaux d'Ariſtophane et Lucien
preſque partout.

† Hom. Iliad. l. i. v. 609.

‡ Id. Iliad. l. v. ver. 335.

L 3

mens

mens de l'homme, affifter à la chaffe, à la
danfe, et quelquefois devenir fenfibles aux
charmes d'une mortelle et donner naiffance
à une race de Héros.

Evenemens
généraux.

LXXVIII. Dans ces grands évenemens,
où, du jeu d'un grand nombre d'acteurs,
dont les vues, la fituation et le caractère
diffèrent, il nait une unité d'action, ou
plûtôt d'effet ; c'eft peut-être dans les
feules caufes générales qu'il faut chercher la
leur.

Mélange de
caufes dans
les évene-
mens parti-
culiers.

LXXIX. Dans les évenemens plus particuliers, le procédé de la nature eft très
différent de celui des Philofophes. Chez
elle il y a peu d'effets affez fimples, pour
ne devoir leur origine qu'à une feule caufe ;
au lieu que nos fages s'attachent d'ordinaire

naire à une cauſe, non ſeulement univerſelle, mais unique. Evitons cet écueil;
pour peu qu'une action paroiſſe com-
pliquée, admettons y les cauſes générales,
ſans rejetter le deſſein et le hazard. Sylla
ſe démet du pouvoir ſouverain. Céſar le
perd avec la vie : cependant leurs atten-
tats avoient été précédes par leurs con-
quêtes : avant de devenir les plus puiſſans des
Romains ils en étoient les plus renommés.
Auguſte les ſuit de près. Tyran ſangui- Elévation
d'Auguſte.
naire*, ſoupçonné de lacheté, le plus grand
des crimes dans un chef de parti †, il
parvient au trône, et fait oublier aux

---

* Après la priſe de Peruſe il ſacrifia trois cens
des principaux citoyens ſur un autel érigé à la Divinité de ſon père. V. Suet. l. ii. c. 15.

† Sueton. l. ii. c. 16.

L 4

ré-

républicains qu'ils euſſent jamais été libres. La diſpoſition de ces républicains
diminue ma ſurpriſe. Egalement incapables de liberté ſous Sylla et ſous Auguſte,
ils ignoroient cette vérité ſous celui-là:
des guerres civiles et deux proſcriptions,
plus cruelles que la guerre, leur avoient
appris, du tems de celui-ci, que la republique, affaiſſée ſous le poids de ſa grandeur et de ſa corruption, ne pouvoit ſubſiſter ſans maître. D'ailleurs Sylla, chef
de la nobleſſe, combattoit à la tête de ces
fiers patriciens, qui vouloient bien l'armer
du glaive du deſpotiſme pour les venger
de leurs ennemis et des ſiens, mais non
laiſſer entre ſes mains le pouvoir de les
détruire eux-mêmes. Ils avoient vaincu,
non pour lui mais avec lui : la harangue,

de

de Lépide *, et la conduite de Pompée †
font affez fentir que Sylla aima mieux
defcendre du trône qu'en tomber. Mais
Augufte, à l'exemple de Céfar ‡, ne fe
fervit que de ces hardis avanturiers, Agrip-
pa, Mecene, Pollion, dont la fortune at-
tachée à la fienne s'évanouiffoit dans une
ariftocracie de nobles, divifés entr'eux,
mais unis pour accabler tout homme
nouveau.

LXXX. Des circonftances heureufes, Ses caufes.
les débauches d'Antoine, la foibleffe de
Lepide, la crédulité de Ciceron travail-
lerent de concert pour lui avec cette difpo-

* Saluft. fragm. p. 404. Edit. Thyf.

† Frenfheim. fupplem. l. lxxxix. c. 26 à 33.

‡ Tacit. annal. l. iv. p. 103. Sueton. ubi infra.

fition

I

fition générale : mais il faut avoüer auffi
que, s'il ne fit pas naître ces circonftances,
il les employa en grand politique. La
variété de mes objets, que ne me permet-
elle de faire connoitre ce gouvernement
rafiné, ces chaines qu'on portoit fans les
fentir, ce Prince confondu parmi les citoyens, ce fénat refpecté par fon maître * ?
Choififfons en un trait.

* J'attens avec impatience la fuite des differtations
fur ce fujet, que Mr de la Bleterie nous a promifes.
Le fyftême d'Augufte fi fouvent méconnu y paroitra
deffiné jufqu'à fes moindres rameaux. Cet auteur
penfe avec fineffe et une aimable liberté, il difcute
fans fecherefle, et s'exprime avec toutes les graces
d'un ftyle clair et élégant. Peut-être que, Defcartes de l'hiftoire, il raifonne un peu trop *à priori*, et
qu'il établit fes conclufions, moins fur des autorités
particulières que fur des inductions générales : mais
ce défaut eft celui d'un homme de beaucoup d'efprit.

Au-

Augufte, maître des revenus de l'empire et des richeffes du monde, diftingua
toujours fon patrimoine de particulier du
tréfor public. Il fit ainfi paroître à
peu de frais fa modération, qui laiffoit à
fes heritiers des biens inférieurs à ceux de
plufieurs de fes fujets *, et fon amour
de la patrie, qui avoit abandonné au fer-
vice de l'Etat deux patrimoines entiers et
une fomme immenfe provenue des legs de
fes amis défunts †.

* Toutes déductions faites de fes legs au peuple,
et aux foldats, Augufte ne laiffa à Tibere et à Livie
que millies quingenties, trente millions de livres.
L'augure Lentulus mort fous fon règne poffédoit
quater millies, quatre-vingt millions. V. Sueton.
l. ii. c. 101. Senec. de Benefic. l. ii.

† Quater decies millies, deux cens quatre-vingt
millions. V. Suet. loc. citat et marmor. Ancyran.
LXXXI.

**Même ac-
tion caufe
et effet.**

LXXXI. Une pénétration ordinaire fuffit pour fentir lorfqu'une action eft à la fois caufe et effet. Dans le monde moral il y en a beaucoup qui le font; ou plûtôt, il y en a très-peu, qui ne tiennent plus ou moins de la nature de l'une et de l'autre.

La corruption de tous les ordres des Romains vint de l'étendue de leur empire, et produifit la grandeur de la republique *.

Mais il faut un jugement peu commun, lorfque deux chofes exiftent toujours en-

* V. Montefç. Confid. fur la grand. des Romains.

Je diftingue la grandeur de l'empire Romain d'avec celle de la republique : l'une confiftoit dans le nombre des provinces, l'autre dans celle des citoyens.

f:mble

femble et paroiffent intimement liées, pour
difcerner qu'elles ne fe doivent point leur
origine l'une à l'autre.

LXXXII. Les fciences, dit-on, naif- Les fciences ne viennent pas du luxe.
fent du luxe : un peuple éclairé fera tou
jours vicieux. Je ne le crois pas. Les
fciences ne font point les filles du luxe :
mais l'une et l'autre naiffent de l'induftrie.
Les arts ébauchés fatisfont aux premiers
befoins de l'homme. Perfectionnés ils lui
en trouvent de nouveaux, depuis le bou-
clier de Minerve de Vitellius * jufqu'aux

___

* Vitellius envoya des galeres jufqu'aux colonnes
d'Hercule pour chercher les poiffons les plus rares,
dont il remplit ce plat monftrueux. Si nous en croyons
M. Arbuthnot, il coûta 765,625 l. fterling. V.
Sueton, in Vitellio. c. 13. Dr. Arbuthnot's tables,
p. 138.

en-

entretiens philosophiques de Ciceron.
Mais à-mesure que le luxe corrompt
les mœurs, les sciences les adoucissent;
semblables aux prières dans Homere, qui
parcourent toujours la térre à la suite de
l'injustice, pour adoucir les fureurs de cette
cruelle Divinité *.

Conclusion. Voilà quelques réflexions, qui m'ont
paru solides sur les differens usages des
Belles-Lettres. Heureux si je pouvois en
inspirer le goût! J'aurois trop bonne
opinion de moi-même, si je ne sentois pas
les défauts de cet essai, j'en aurois une trop
mauvaise si je n'espérois pas, que dans un
age moins précoce et avec des connois-
sances plus étendues je pourrai me voir plus

* Μετοπισθ' ατης αλεγεσι κιεσαι.
Homer. Iliad. l. ix. v. 500.

en

en état d'y suppléer. On pourra dire que ces réflexions font vraies mais ufées, ou qu'elles font nouvelles mais paradoxes. Quel auteur aime les critiques ? Cependant la première me déplairoit le moins. L'avantage de l'art m'eft plus cher que la gloire de l'artifte.

F I N I S.

73

E. GIBBON

ESSAI
SUR
L'ÉTUDE
DE LA
LITTÉRA-
TURE

www.ingramcontent.com/pod-product-compliance
Lightning Source LLC
Chambersburg PA
CBHW051826020726
47502CB00005B/1646